鲁迅作品单行本

二心集

鲁迅 著

人民文学出版社

图书在版编目（CIP）数据

二心集/鲁迅著. —2 版. —北京：人民文学出版社，2022
ISBN 978-7-02-015365-7

Ⅰ.①二… Ⅱ.①鲁… Ⅲ.①鲁迅杂文—杂文集 Ⅳ.①I210.4

中国版本图书馆 CIP 数据核字（2019）第 110588 号

| | |
|---|---|
| 责任编辑 | 杜　丽 |
| 装帧设计 | 陶　雷 |
| 责任印制 | 任　祎 |

| | |
|---|---|
| 出版发行 | 人民文学出版社 |
| 社　　址 | 北京市朝内大街 166 号 |
| 邮政编码 | 100705 |
| 印　　刷 | 三河市宏盛印务有限公司 |
| 经　　销 | 全国新华书店等 |
| 字　　数 | 151 千字 |
| 开　　本 | 880 毫米×1230 毫米　1/32 |
| 印　　张 | 7.75　插页 2 |
| 版　　次 | 1980 年 3 月北京第 1 版 |
| | 2006 年 12 月北京第 2 版 |
| 印　　次 | 2022 年 1 月第 1 次印刷 |
| 书　　号 | 978-7-02-015365-7 |
| 定　　价 | 28.00 元 |

如有印装质量问题，请与本社图书销售中心调换。电话：010-65233595

本书收作者 1930 年至 1931 年所作杂文三十七篇,末附《现代电影与有产阶级》译文一篇。作者于 1932 年 8 月将版权售予上海合众书店,同年 10 月初版。1933 年 8 月出至第四版后被国民党政府查禁,后由合众书店送交国民党图书审查机关审查,将删余的十六篇,改题为《拾零集》,于 1934 年 10 月印行。本版与初版相同。

# 目 录

序言 …………………………………………… 1

## 一九三〇年

"硬译"与"文学的阶级性" ………………… 8
习惯与改革 …………………………………… 40
非革命的急进革命论者 ……………………… 43
张资平氏的"小说学" ………………………… 48
对于左翼作家联盟的意见 …………………… 51
我们要批评家 ………………………………… 59
"好政府主义" ………………………………… 62
"丧家的""资本家的乏走狗" ………………… 65
《进化和退化》小引 …………………………… 69
《艺术论》译本序 ……………………………… 73
做古文和做好人的秘诀（夜记之五，不完。）…… 90

## 一九三一年

关于《唐三藏取经诗话》的版本 ……………… 96
柔石小传 ……………………………………… 100

1

| | |
|---|---|
| 中国无产阶级革命文学和前驱的血 | 104 |
| 黑暗中国的文艺界的现状 | 107 |
| 上海文艺之一瞥 | 113 |
| 一八艺社习作展览会小引 | 132 |
| 答文艺新闻社问 | 134 |
| "民族主义文学"的任务和运命 | 135 |
| 沉滓的泛起 | 148 |
| 以脚报国 | 152 |
| 唐朝的钉梢 | 155 |
| 《夏娃日记》小引 | 157 |
| 新的"女将" | 160 |
| 宣传与做戏 | 162 |
| 知难行难 | 164 |
| 几条"顺"的翻译 | 168 |
| 风马牛 | 172 |
| 再来一条"顺"的翻译 | 176 |
| 中华民国的新"堂·吉诃德"们 | 179 |
| 《野草》英文译本序 | 183 |
| "智识劳动者"万岁 | 185 |
| "友邦惊诧"论 | 187 |
| 答中学生杂志社问 | 190 |
| 答北斗杂志社问 | 191 |
| 关于小说题材的通信（并Y及T来信） | 193 |

关于翻译的通信(并 J. K. 来信) ………… 197
现代电影与有产阶级(译文,并附记) ………… 216

# 序　　言

　　这里是一九三〇年与三一年两年间的杂文的结集。

　　当三〇年的时候,期刊已渐渐的少见,有些是不能按期出版了,大约是受了逐日加紧的压迫。《语丝》[1]和《奔流》[2],则常遭邮局的扣留,地方的禁止,到底也还是敷延不下去。那时我能投稿的,就只剩了一个《萌芽》,而出到五期,也被禁止了,接着是出了一本《新地》[3]。所以在这一年内,我只做了收在集内的不到十篇的短评。

　　此外还曾经在学校里演讲过两三回[4],那时无人记录,讲了些什么,此刻连自己也记不清楚了。只记得在有一个大学里演讲的题目,是《象牙塔和蜗牛庐》。大意是说,象牙塔[5]里的文艺,将来决不会出现于中国,因为环境并不相同,这里是连摆这"象牙之塔"的处所也已经没有了;不久可以出现的,恐怕至多只有几个"蜗牛庐"[6]。蜗牛庐者,是三国时所谓"隐逸"的焦先曾经居住的那样的草窠,大约和现在江北穷人手搭的草棚相仿,不过还要小,光光的伏在那里面,少出,少动,无衣,无食,无言。因为那时是军阀混战,任意杀掠的时候,心里不以为然的人,只有这样才可以苟延他的残喘。但蜗牛界里那里会有文艺呢,所以这样下去,中国的没有文艺,是一定的。这样的话,真可谓已经大有蜗牛气味的了,不料不久就有一位勇敢的青年在政府机关的上海《民国日报》上给我批评，说我的那些话使他非常看不起，因为我没有敢讲共产党的话的勇气。[7]谨案在"清党"以后的党国里，讲共产主义是算犯大罪的，捕杀的网罗，张遍了全中国，而不讲，却又为党国的忠勇青年所鄙视。这实在只好变了真的蜗牛，才有"庶几得免于罪戾"[8]的幸福了。

而这时左翼作家拿着苏联的卢布之说[9]，在所谓"大报"和小报上，一面又纷纷的宣传起来，新月社[10]的批评家也从旁很卖了些力气。有些报纸，还拾了先前的创造社[11]派的几个人的投稿于小报上的话，讥笑我为"投降"，有一种报则载起《文坛贰臣传》[12]来，第一个就是我，——但后来好像并不再做下去了。

卢布之谣，我是听惯了的。大约六七年前，《语丝》在北京说了几句涉及陈源教授和别的"正人君子"[13]们的话的时候，上海的《晶报》上就发表过"现代评论社主角"唐有壬先生的信札，说是我们的言动，都由于墨斯科的命令。[14]这又正是祖传的老谱，宋末有所谓"通虏"，清初又有所谓"通海"，[15]向来就用了这类的口实，害过许多人们的。所以含血喷人，已成了中国士君子的常经，实在不单是他们的识见，只能够见到世上一切都靠金钱的势力。至于"贰臣"之说，却是很有些意思的，我试一反省，觉得对于时事，即使未尝动笔，有时也不免于腹诽，"臣罪当诛兮天皇圣明"[16]，腹诽就决不是忠臣的行径。但御用文学家的给了我这个徽号，也可见他们的"文坛"上是有皇帝的了。

去年偶然看见了几篇梅林格（Franz Mehring）[17]的论文，大意说，在坏了下去的旧社会里，倘有人怀一点不同的意见，有一点携贰的心思，是一定要大吃其苦的。而攻击陷害得最凶的，则是这人的同阶级的人物。他们以为这是最可恶的叛逆，比异阶级的奴隶造反还可恶，所以一定要除掉他。我才知道中外古今，无不如此，真是读书可以养气，竟没有先前那样"不满于现状"[18]了，并且仿《三闲集》之例而变其意，拾来做了这一本书的名目。然而这并非在证明我是无产者。一阶级里，临末也常常会自己互相闹起来的，就是《诗经》里说过的那"兄弟阋于墙"，——但后来却未必"外御其侮"[19]。例如同是军阀，就总在整年的大家相打，难道有一面是无产阶级么？而且我时时说些自己的事情，怎样地在"碰壁"，怎样地在做蜗牛，好像全世界的苦恼，萃于一身，在替大众受罪似的；也正是中产的智识阶级分子的坏脾气。只是原先是憎恶这熟识的本阶级，毫不可惜它的溃灭，后来又由于事实的教训，以为惟新兴的无产者才有将来，却是的确的。

自从一九三一年二月起，我写了较上年更多的文章，但因为揭载的刊物有些不同，文字必得和它们相称，就很少做《热风》那样简短的东西了；而且看看对于我的批评文字，得了一种经验，好像评论做得太简括，是极容易招得无意的误解，或有意的曲解似的。又，此后也不想再编《坟》那样的论文集，和《壁下译丛》那样的译文集，这回就连较长的东西也收在这里面，译文则选了一篇《现代电影与有产阶级》附在末尾，因为电影之在中国，虽然早已风行，但这样扼要的论文却还少见,留心世事的人们,实在很有一读的必要的。还有通信,如果只有一面,读者也往往很不容易了然,所以将紧要一点的几封来信,也擅自一并编进去了。

一九三二年四月三十日之夜,编讫并记。

\* \* \*

〔1〕 《语丝》 文艺性周刊,最初由孙伏园等编辑,1924年11月17日在北京创刊,1927年10月被奉系军阀张作霖查禁,随后移至上海续刊。1930年3月10日出至第五卷第五十二期停刊。鲁迅是它的主要撰稿人和支持者之一。该刊在上海出版后,鲁迅编辑了1927年12月17日第四卷第一期至1929年1月7日第四卷第五十二期。

〔2〕 《奔流》 文艺月刊,鲁迅、郁达夫编辑,1928年6月在上海创刊,1929年12月出至第二卷第五期停刊。

〔3〕 《萌芽》 文艺月刊,鲁迅、冯雪峰编辑,1930年1月在上海创刊,从第一卷第三期起,成为"左联"的机关刊物之一。1930年5月出至第一卷第五期被国民党政府禁止,第六期改名为《新地月刊》,仅出一期即停刊。

〔4〕 作者1930年在上海各大学讲演的情况,据鲁迅日记,这年2月21日、3月9日先后两次在中华艺术大学讲演,3月13日在大夏大学、3月19日在中国公学分院、8月6日在夏期文艺讲习会讲演。各次讲稿都没有保存下来。据当时报刊所载消息和与会者的忆述,前四次讲题分别为《绘画杂论》、《美术上的写实主义问题》、《象牙塔与蜗牛庐》、《美的认识》。最后一次讲题不详。

〔5〕 象牙塔 原是十九世纪法国文艺批评家圣佩韦(1804—1869)批评同时代浪漫主义诗人维尼的用语,后来用以比喻脱离现实生

活的文艺家的小天地。

〔6〕 "蜗牛庐" 据《三国志·魏书·管宁传》裴松之注引《魏略》,东汉末年,隐士焦先"自作一瓜(蜗)牛庐,净扫其中,营木为床,布草蓐其上,至天寒时,搆火以自炙,呻吟独语"。又据《三国志·魏书·管宁传》裴松之注引《高士传》,焦先"见汉室衰,乃自绝不言。及魏受禅,常结草为庐于河之湄,独止其中。冬夏恒不着衣,卧不设席,又无草蓐,以身亲土,其体垢污皆如泥漆,……或数日一食……亦有数日不食时。……口未尝言……"

〔7〕 指上海《民国日报》登载的一篇短文。1930年3月18日《民国日报·觉悟》在"呜呼,'自由运动'竟是一群骗人的勾当"的栏题下,刊载署名敌天(自称是大夏大学"学文科"的学生)的来稿,攻击鲁迅的讲演,其中有"公然作反动的宣传,在事实上既无此勇气,竟借了文艺演讲的美名而来提倡所谓'中国自由运动大同盟'的组织,态度不光明,行动不磊落,这也算是真正的革命志士吗?"等语。《民国日报》,1916年1月在上海创刊,1924年国民党第一次全国代表大会后成为该党机关报,1925年末为西山会议派把持,变为国民党右派的报纸。

〔8〕 "庶几得免于罪戾" 语出《左传》文公十八年:"庶几免于戾乎。"

〔9〕 左翼作家拿着苏联的卢布之说 这是当时一些报刊对进步作家的诬陷。如1930年5月14日上海《民国日报·觉悟》刊载的《解放中国文坛》中说,进步作家"受了赤色帝国主义的收买,受了苏俄卢布的津贴";1931年2月6日上海小报《金钢钻报》刊载的《鲁迅加盟左联的动机》中说,"共产党最初以每月八十万卢布,在沪充文艺宣传费,造成所谓普罗文艺"等等。新月社成员梁实秋也散布过这类言论,参看本书《"丧家的""资本家的乏走狗"》。

〔10〕 新月社 参看本书第26页注〔2〕。

〔11〕 创造社　参看本书第128页注〔20〕。

〔12〕《文坛贰臣传》　1930年5月7日《民国日报》载有署名男儿的《文坛上的贰臣传——一、鲁迅》，攻击鲁迅和左翼文艺运动，如说"鲁迅被共产党屈服"，"所谓自由运动大同盟，鲁迅首先列名，所谓左翼作家联盟，鲁迅大作讲演，昔为百炼钢，今为绕指柔，老气横秋之精神，竟为二九小子玩弄于掌上，作无条件之屈服"等等。

〔13〕 陈源　参看本书第94页注〔5〕。"正人君子"，1925年北京女子师范大学事件时，拥护北洋政府的《大同晚报》在8月7日的一篇报导中，称现代评论派（后为新月派）的陈源、王世杰等人为"东吉祥派的正人君子"。

〔14〕 唐有壬的信札　唐有壬（1893—1935），湖南浏阳人。《现代评论》的经常撰稿人，后曾任国民党政府外交次长。《晶报》，原为上海《神州日报》的副刊，1919年3月单独出版。1926年5月12日《晶报》刊载一则《现代评论被收买？》的消息，引用《语丝》七十六期有关《现代评论》接受段祺瑞津贴的文字，唐有壬便于同月18日致函《晶报》辩解，并说："《现代评论》被收买的消息，起源于俄国莫斯科。"该报在发表唐有壬这封信时，以《现代评论主角唐有壬致本报书》为题目。

〔15〕"通虏"、"通海"　都是所谓"通敌"的意思。宋代的"虏"，指辽、金、西夏等；清初的"海"，指当时在台湾坚持抗清的郑成功。

〔16〕"臣罪当诛兮天皇圣明"　语出唐代韩愈诗《拘幽操——文王羑里作》。皇，原作王。

〔17〕 梅林格（1846—1919）　通译梅林，德国马克思主义者，历史学家和文艺批评家。著有《德国社会民主党史》、《马克思传》、《莱辛传说》等。

〔18〕"不满于现狀"　这是引用梁实秋的话。梁实秋在《新月》

月刊第二卷第八期(1929年10月)发表《"不满于现状",便怎样呢?》一文,其中说:"有一种人,只是一味的'不满于现状',今天说这里有毛病,明天说那里有毛病,有数不清的毛病,于是也有无穷尽的杂感,等到有些个人开了药方,他格外的不满……好像惟恐一旦现状令他满意起来,他就没有杂感可作的样子。"

〔19〕 《诗经》 我国最早的诗歌总集,收诗歌三〇五篇,大抵是周初到春秋中期的作品,相传曾经过孔子删订。"兄弟阋于墙,外御其侮",见该书《小雅·常棣》。

# 一九三〇年

## "硬译"与"文学的阶级性"[1]

### 一

听说《新月》月刊团体[2]里的人们在说,现在销路好起来了。这大概是真的,以我似的交际极少的人,也在两个年青朋友的手里见过第二卷第六七号的合本。顺便一翻,是争"言论自由"的文字[3]和小说居多。近尾巴处,则有梁实秋先生的一篇《论鲁迅先生的"硬译"》,以为"近于死译"。[4]而"死译之风也断不可长",就引了我的三段译文,以及在《文艺与批评》[5]的后记里所说:"但因为译者的能力不够,和中国文本来的缺点,译完一看,晦涩,甚而至于难解之处也真多;倘将仂句[6]拆下来呢,又失了原来的语气。在我,是除了还是这样的硬译之外,只有束手这一条路了,所余的惟一的希望,只在读者还肯硬着头皮看下去而已"这些话,细心地在字旁加上圆圈,还在"硬译"两字旁边加上套圈,于是"严正"地下了"批评"道:"我们'硬着头皮看下去'了,但是无所得。'硬译'和'死译'有什么分别呢?"

新月社的声明[7]中,虽说并无什么组织,在论文里,也似乎痛恶无产阶级式的"组织","集团"这些话,但其实是有组织的,至少,关于政治的论文,这一本里都互相"照应";关于文艺,则这一篇是登在上面的同一批评家所作的《文学是有阶级性的吗?》的余波。在那一篇里有一段说:"……但是不幸得很,没有一本这类的书能被我看懂。……最使我感得困难的是文字,……简直读起来比天书还难。……现在还没有一个中国人,用中国人所能看得懂的文字,写一篇文章告诉我们无产文学的理论究竟是怎么一回事。"字旁也有圈圈,怕排印麻烦,恕不照画了。总之,梁先生自认是一切中国人的代表,这些书既为自己所不懂,也就是为一切中国人所不懂,应该在中国断绝其生命,于是出示曰"此风断不可长"云。

别的"天书"译著者的意见我不能代表,从我个人来看,则事情是不会这样简单的。第一,梁先生自以为"硬着头皮看下去"了,但究竟硬了没有,是否能够,还是一个问题。以硬自居了,而实则其软如棉,正是新月社的一种特色。第二,梁先生虽自来代表一切中国人了,但究竟是否全国中的最优秀者,也是一个问题。这问题从《文学是有阶级性的吗?》这篇文章里,便可以解释。Proletary[8]这字不必译音,大可译义,是有理可说的。但这位批评家却道:"其实翻翻字典,这个字的涵义并不见得体面,据《韦白斯特大字典》[9],Proletary的意思就是:A citizen of the lowest class who served the state not with property, but only by having children。……普罗列塔利亚是国家里只会生孩子的阶级!(至少在罗马时代是如此)"其实正无须来争这"体面",大约略有常识者,总不至于以现在为罗马时代,将现在的无产者都看作罗马人的。这正如将Chemie译作"舍密学"〔10〕,读者必不和埃及的"炼金术"混同,对于"梁"先生所作的文章,也决不会去考查语源,误解为"独木小桥"竟会动笔一样。连"翻翻字典"(《韦白斯特大字典》!)也还是"无所得",一切中国人未必全是如此的罢。

## 二

但于我最觉得有兴味的,是上节所引的梁先生的文字里,有两处都用着一个"我们",颇有些"多数"和"集团"气味了。自然,作者虽然单独执笔,气类则决不只一人,用"我们"来说话,是不错的,也令人看起来较有力量,又不至于一人双肩负责。然而,当"思想不能统一"时,"言论应该自由"时,正如梁先生的批评资本制度一般,也有一种"弊病"。就是,既有"我们"便有我们以外的"他们",于是新月社的"我们"虽以为我的"死译之风断不可长"了,却另有读了并不"无所得"的读者存在,而我的"硬译",就还在"他们"之间生存,和"死译"还有一些区别。

我也就是新月社的"他们"之一,因为我的译作和梁先生所需的条件,是全都不一样的。

那一篇《论硬译》的开头论误译胜于死译说:"一部书断断不会完全曲译……部分的曲译即使是错误,究竟也还给你一个错误,这个错误也许真是害人无穷的,而你读的时候究竟还落个爽快。"末两句大可以加上夹圈,但我却从来不干这样的勾当。我的译作,本不在博读者的"爽快",却往往给以不舒服,甚而至于使人气闷,憎恶,愤恨。读了会"落个爽快"的东西,自有新月社的人们的译著在:徐志摩先生的诗,沈从文凌叔华[11]先生的小说,陈西滢(即陈源)先生的闲话[12],梁实秋先生的批评,潘光旦先生的优生学[13],还有白璧德先生的人文主义[14]。

所以,梁先生后文说:"这样的书,就如同看地图一般,要伸着手指来寻找句法的线索位置"这些话,在我也就觉得是废话,虽说犹如不说了。是的,由我说来,要看"这样的书"就如同看地图一样,要伸着手指来找寻"句法的线索位置"的。看地图虽然没有看《杨妃出浴图》或《岁寒三友图》那么"爽快",甚而至于还须伸着手指(其实这恐怕梁先生自己如此罢了,看惯地图的人,是只用眼睛就可以的),但地图并不是死图;所以"硬译"即使有同一之劳,照例子也就和"死译"有了些"什么区别"。识得 ABCD 者自以为新学家,仍旧和化学方程式无关,会打算盘的自以为数学家,看起笔算的演草来还是无所得。现在的世间,原不是一为学者,便与一切事都会有缘的。

然而梁先生有实例在,举了我三段的译文,虽然明知道"也许因为没有上下文的缘故,意思不能十分明了"。在《文学是有阶级性的吗?》这篇文章中,也用了类似手段,举出两首译诗[15]来,总评道:"也许伟大的无产文学还没有出现,那么我愿意等着,等着,等着。"这些方法,诚然是很"爽快"的,但我可以就在这一本《新月》月刊里的创作——是创作呀！——《搬家》第八页上，举出一段文字来——

"小鸡有耳朵没有？"

"我没看见过小鸡长耳朵的。"

"它怎样听见我叫它呢？"她想到前天四婆告诉她的耳朵是管听东西，眼是管看东西的。

"这个蛋是白鸡黑鸡？"枝儿见四婆没答她，站起来摸着蛋子又问。

"现在看不出来，等孵出小鸡才知道。"

"婉儿姊说小鸡会变大鸡，这些小鸡也会变大鸡么？"

"好好的喂它就会长大了，像这个鸡买来时还没有这样大吧？"

也够了，"文字"是懂得的，也无须伸出手指来寻线索，但我不"等着"了，以为就这一段看，是既不"爽快"，而且和不创作是很少区别的。

临末，梁先生还有一个诘问："中国文和外国文是不同的，……翻译之难即在这个地方。假如两种文中的文法句法词法完全一样，那么翻译还成为一件工作吗？……我们不妨把句法变换一下，以使读者能懂为第一要义，因为'硬着头皮'不是一件愉快的事，并且'硬译'也不见得能保存'原来的精悍的语气'。假如'硬译'而还能保存'原来的精悍的语气'，那真是一件奇迹，还能说中国文是有'缺点'吗？"我倒不见得如此之愚，要寻求和中国文相同的外国文，或者希望"两种文中的文法句法词法完全一样"。我但以为文法繁复的国语,较易于翻译外国文,语系相近的,也较易于翻译,而且也是一种工作。荷兰翻德国,俄国翻波兰,能说这和并不工作没有什么区别么？日本语和欧美很"不同",但他们逐渐添加了新句法,比起古文来,更宜于翻译而不失原来的精悍的语气,开初自然是须"找寻句法的线索位置",很给了一些人不"愉快"的,但经找寻和习惯,现在已经同化,成为己有了。中国的文法,比日本的古文还要不完备,然而也曾有些变迁,例如《史》《汉》不同于《书经》[16],现在的白话文又不同于《史》《汉》；有添造,例如唐译佛经,元译上谕,[17]当时很有些"文法句法词法"是生造的,一经习用,便不必伸出手指,就懂得了。现在又来了"外国文",许多句子,即也须新造,——说得坏点,就是硬造。据我的经验,这样译来,较之化为几句,更能保存原来的精悍的语气,但因为有待于新造,所以原先的中国文是有缺点的。有什么"奇迹",干什么"吗"呢？但有待于"伸出手指","硬着头皮",于有些人自然"不是一件愉快的事"。不过我是本不想将"爽快"或"愉快"来献给那些诸公的,只要还有若干的读者能够有所得,梁实秋先生"们"的苦乐以及无所得,实在"于我如浮云"[18]。

但梁先生又有本不必求助于无产文学理论,而仍然很不了了的地方,例如他说,"鲁迅先生前些年翻译的文学,例如厨川白村[19]的《苦闷的象征》,还不是令人看不懂的东西,但是最近翻译的书似乎改变风格了。"只要有些常识的人就知道："中国文和外国文是不同的",但同是一种外国文,因为作者各人的做法,而"风格"和"句法的线索位置"也可以很不同。句子可繁可简,名词可常可专,决不会一种外国文,易解的程度就都一式。我的译《苦闷的象征》,也和现在一样,是按板规逐句,甚而至于逐字译的,然而梁实秋先生居然以为还能看懂者,乃是原文原是易解的缘故,也因为梁实秋先生是中国新的批评家了的缘故,也因为其中硬造的句法,是比较地看惯了的缘故。若在三家村里,专读《古文观止》[20]的学者们,看起来又何尝不比"天书"还难呢。

## 三

但是,这回的"比天书还难"的无产文学理论的译本们,却给了梁先生不小的影响。看不懂了,会有影响,虽然好像滑稽,然而是真的,这位批评家在《文学是有阶级性的吗?》里说:"我现在批评所谓无产文学理论,也只能根据我所能了解的一点材料而已。"[21]这就是说:因此而对于这理论的知识,极不完全了。

但对于这罪过,我们(包含一切"天书"译者在内,故曰"们")也只能负一部分的责任,一部分是要作者自己的胡涂或懒惰来负的。"什么卢那卡尔斯基[22],蒲力汗诺夫[23]"的书我不知道,若夫"婆格达诺夫[24]之类"的三篇论文和托罗兹基的半部《文学与革命》[25],则确有英文译本的了。英国没有"鲁迅先生",译文定该非常易解。梁先生对于伟大的无产文学的产生,曾经显示其"等着,等着,等着"的耐心和勇气,这回对于理论,何不也等一下子,寻来看了再说呢。不知其有而不求曰胡涂,知其有而不求曰懒惰,如果单是默坐,这样也许是"爽快"的,然而开起口来,却很容易咽进冷气去了。

例如就是那篇《文学是有阶级性的吗?》的高文,结论是并无阶级性。要抹杀阶级性,我以为最干净的是吴稚晖[26]先生的"什么马克斯牛克斯"以及什么先生的"世界上并没有阶级这东西"的学说。那么,就万喙息响,天下太平。但梁先生却中了一些"什么马克斯"毒了,先承认了现在许多地方是资产制度,在这制度之下则有无产者。不过这"无产者本来并没有阶级的自觉。是几个过于富同情心而又态度褊激的领袖把这个阶级观念传授了给他们",[27]要促起他们的联合,激发他们争斗的欲念。不错,但我以为传授者应该并非由于同情,却因了改造世界的思想。况且"本无其物"的东西,是无从自觉,无从激发的,会自觉,能激发,足见那是原有的东西。原有的东西,就遮掩不久,即如格里莱阿[28]说地体运动,达尔文[29]说生物进化,当初何尝不或者几被宗教家烧死,或者大受保守者攻击呢,然而现在人们对于两说,并不为奇者,就因为地体终于在运动,生物确也在进化的缘故。承认其有而要掩饰为无,非有绝技是不行的。

但梁先生自有消除斗争的办法,以为如卢梭所说:"资产是文明的基础",[30]"所以攻击资产制度,即是反抗文明","一个无产者假如他是有出息的,只消辛辛苦苦诚诚实实的工作一生,多少必定可以得到相当的资产。这才是正当的生活斗争的手段。"我想,卢梭去今虽已百五十年,但当不至于以为过去未来的文明,都以资产为基础。(但倘说以经济关系为基础,那自然是对的。)希腊印度,都有文明,而繁盛时俱非在资产社会,他大概是知道的;倘不知道,那也是他的错误。至于无产者应该"辛辛苦苦"爬上有产阶级去的"正当"的方法,则是中国有钱的老太爷高兴时候,教导穷工人的古训,在实际上,现今正在"辛辛苦苦诚诚实实"想爬上一级去的"无产者"也还多。然而这是还没有人"把这个阶级观念传授了给他们"的时候。一经传授,他们可就不肯一个一个的来爬了,诚如梁先生所说,"他们是一个阶级了,他们要有组织了,他们是一个集团了,于是他们便不循常轨的一跃而夺取政权财权,一跃而为统治阶级。"但可还有想"辛辛苦苦诚诚实实工作一生,多少必定可以得到相当的资产"的"无产者"呢?自然还有的。然而他要算是"尚未发财的有产者"了。梁先生的忠告,将为无产者所呕吐了,将只好和老太爷去互相赞赏而已了。

那么,此后如何呢?梁先生以为是不足虑的。因为"这种革命的现象不能是永久的,经过自然进化之后,优胜劣败的定律又要证明了,还是聪明才力过人的人占优越的地位,无产者仍是无产者"。但无产阶级大概也知道"反文明的势力早晚要被文明的势力所征服",所以"要建立所谓'无产阶级文化',……这里面包括文艺学术"[31]。

自此以后,这才入了文艺批评的本题。

## 四

梁先生首先以为无产者文学理论的错误,是"在把阶级的束缚加在文学上面",因为一个资本家和一个劳动者,有不同的地方,但还有相同的地方,"他们的人性(这两字原本有套圈)并没有两样",例如都有喜怒哀乐,都有恋爱(但所"说的是恋爱的本身,不是恋爱的方式"),"文学就是表现这最基本的人性的艺术"[32]。这些话是矛盾而空虚的。既然文明以资产为基础,穷人以竭力爬上去为"有出息",那么,爬上是人生的要谛,富翁乃人类的至尊,文学也只要表现资产阶级就够了,又何必如此"过于富同情心",一并包括"劣败"的无产者?况且"人性"的"本身",又怎样表现的呢?譬如原质或杂质的化学底性质,有化合力,物理学底性质有硬度,要显示这力和度数,是须用两种物质来表现的,倘说要不用物质而显示化合力和硬度的单单"本身",无此妙法;但一用物质,这现象即又因物质而不同。文学不借人,也无以表示"性",一用人,而且还在阶级社会里,即断不能免掉所属的阶级性,无需加以"束缚",实乃出于必然。自然,"喜怒哀乐,人之情也",然而穷人决无开交易所折本的懊恼,煤油大王那会知道北京检煤渣老婆子身受的酸辛,饥区的灾民,大约总不去种兰花,像阔人的老太爷一样,贾府上的焦大,也不爱林妹妹的。"汽笛呀!""列宁呀!"固然并不就是无产文学,然而"一切东西呀!""一切人呀!""可喜的事来了,人喜了呀!"也不是表现"人

17

性"的"本身"的文学。倘以表现最普通的人性的文学为至高,则表现最普遍的动物性——营养,呼吸,运动,生殖——的文学,或者除去"运动",表现生物性的文学,必当更在其上。倘说,因为我们是人,所以以表现人性为限,那么,无产者就因为是无产阶级,所以要做无产文学。

其次,梁先生说作者的阶级,和作品无关[33]。托尔斯泰出身贵族,而同情于贫民,然而并不主张阶级斗争;[34]马克斯并非无产阶级中的人物;终身穷苦的约翰孙博士,志行吐属,过于贵族。[35]所以估量文学,当看作品本身,不能连累到作者的阶级和身分。这些例子,也全不足以证明文学的无阶级性的。托尔斯泰正因为出身贵族,旧性荡涤不尽,所以只同情于贫民而不主张阶级斗争。马克斯原先诚非无产阶级中的人物,但也并无文学作品,我们不能悬拟他如果动笔,所表现的一定是不用方式的恋爱本身。至于约翰孙博士终身穷苦,而志行吐属,过于王侯者,我却实在不明白那缘故,因为我不知道英国文学和他的传记。也许,他原想"辛辛苦苦诚诚实实的工作一生,多少必定可以得到相当的资产",然后再爬上贵族阶级去,不料终于"劣败",连相当的资产也积不起来,所以只落得摆空架子,"爽快"了罢。

其次,梁先生说,"好的作品永远是少数人的专利品,大多数永远是蠢的,永远是和文学无缘",但鉴赏力之有无却和阶级无干,因为"鉴赏文学也是天生的一种福气",就是,虽在无产阶级里,也会有这"天生的一种福气"的人。[36]由我推论起来,则只要有这一种"福气"的人,虽穷得不能受教育,至于一字不识,也可以赏鉴《新月》月刊,来作"人性"和文艺"本身"原无阶级性的证据。但梁先生也知道天生这一种福气的无产者一定不多,所以另定一种东西(文艺?)来给他们看,"例如什么通俗的戏剧,电影,侦探小说之类",因为"一般劳工劳农需要娱乐,也许需要少量的艺术的娱乐"的缘故。这样看来,好像文学确因阶级而不同了,但这是因鉴赏力之高低而定的,这种力量的修养和经济无关,乃是上帝之所赐——"福气"。所以文学家要自由创造,既不该为皇室贵族所雇用,也不该受无产阶级所威胁,去做讴功颂德的文章。这是不错的,但在我们所见的无产文学理论中,也并未见过有谁说或一阶级的文学家,不该受皇室贵族的雇用,却该受无产阶级的威胁,去做讴功颂德的文章,不过说,文学有阶级性,在阶级社会中,文学家虽自以为"自由",自以为超了阶级,而无意识底地,也终受本阶级的阶级意识所支配,那些创作,并非别阶级的文化罢了。例如梁先生的这篇文章,原意是在取消文学上的阶级性,张扬真理的。但以资产为文明的祖宗,指穷人为劣败的渣滓,只要一瞥,就知道是资产家的斗争的"武器",——不,"文章"了。无产文学理论家以主张"全人类""超阶级"的文学理论为帮助有产阶级的东西,这里就给了一个极分明的例证。至于成仿吾[37]先生似的"他们一定胜利的,所以我们去指导安慰他们去",说出"去了"之后,便来"打发"自己们以外的"他们"那样的无产文学家,那不消说,是也和梁先生一样地对于无产文学的理论,未免有"以意为之"的错误的。

又其次,梁先生最痛恨的是无产文学理论家以文艺为斗争的武器,就是当作宣传品。他"不反对任何人利用文学来达到另外的目的",但"不能承认宣传式的文字便是文学"。[38]我以为这是自扰之谈。据我所看过的那些理论,都不过说凡文艺必有所宣传,并没有谁主张只要宣传式的文字便是文学。诚然,前年以来,中国确曾有许多诗歌小说,填进口号和标语去,自以为就是无产文学。但那是因为内容和形式,都没有无产气,不用口号和标语,便无从表示其"新兴"的缘故,实际上也并非无产文学。今年,有名的"无产文学底批评家"钱杏邨先生在《拓荒者》上还在引卢那卡尔斯基的话,以为他推重大众能解的文学,足见用口号标语之未可厚非,来给那些"革命文学"辩护。[39]但我觉得那也和梁实秋先生一样,是有意的或无意的曲解。卢那卡尔斯基所谓大众能解的东西,当是指托尔斯泰做了分给农民的小本子那样的文体,工农一看便会了然的语法,歌调,诙谐。只要看台明·培特尼(Demian Bednii)[40]曾因诗歌得到赤旗章,而他的诗中并不用标语和口号,便可明白了。

最后,梁先生要看货色。这不错的,是最切实的办法;但抄两首译诗算是在示众,是不对的。《新月》上就曾有《论翻译之难》[41],何况所译的文是诗。就我所见的而论,卢那卡尔斯基的《被解放的堂·吉诃德》,法兑耶夫的《溃灭》[42],格拉特珂夫的《水门汀》[43],在中国这十一年中,就并无可以和这些相比的作品。这是指"新月社"一流的蒙资产文明的余荫,而且衷心在拥护它的作家而言。于号称无产作家的作品中,我也举不出相当的成绩。但钱杏邨先生也曾辩护,说新兴阶级,于文学的本领当然幼稚而单纯,向他们立刻要求好作品,是"布尔乔亚"的恶意[44]。这话为农工而说,是极不错的。这样的无理要求,恰如使他们冻饿了好久,倒怪他们为什么没有富翁那么肥胖一样。但中国的作者,现在却实在并无刚刚放下锄斧柄子的人,大多数都是进过学校的智识者,有些还是早已有名的文人,莫非克服了自己的小资产阶级意识之后,就连先前的文学本领也随着消失了么? 不会的。俄国的老作家亚历舍·托尔斯泰和威垒赛耶夫,普理希文,[45]至今都还有好作品。中国的有口号而无随同的实证者,我想,那病根并不在"以文艺为阶级斗争的武器",而在"借阶级斗争为文艺的武器",在"无产者文学"这旗帜之下,聚集了不少的忽翻筋斗的人,试看去年的新书广告,几乎没有一本不是革命文学,批评家又但将辩护当作"清算",就是,请文学坐在"阶级斗争"的掩护之下,于是文学自己倒不必着力,因而于文学和斗争两方面都少关系了。

但中国目前的一时现象,当然毫不足作无产文学之新兴的反证的。梁先生也知道,所以他临末让步说,"假如无产阶级革命家一定要把他的宣传文学唤做无产文学,那总算是一种新兴文学,总算是文学国土里的新收获,用不着高呼打倒资产的文学来争夺文学的领域,因为文学的领域太大了,新的东西总有它的位置的。"[46]但这好像"中日亲善,同存共荣"之说,从羽毛未丰的无产者看来,是一种欺骗。愿意这样的"无产文学者",现在恐怕实在也有的罢,不过这是梁先生所谓"有出息"的要爬上资产阶级去的"无产者"一流,他的作品是穷秀才未中状元时候的牢骚,从开手到爬上以及以后,都决不是无产文学。无产者文学是为了以自己们之力,来解放本阶级并及一切阶级而斗争的一翼,所要的是全般,不是一角的地位。就拿文艺批评界来比方罢,假如在"人性"的"艺术之宫"[47](这须从成仿吾先生处租来暂用)里,向南面摆两把虎皮交椅,请梁实秋钱杏邨两位先生并排坐下,一个右执"新月",一个左执"太阳"[48],那情形可真是"劳资"媲美了。

## 五

到这里,又可以谈到我的"硬译"去了。

推想起来,这是很应该跟着发生的问题:无产文学既然重在宣传,宣传必须多数能懂,那么,你这些"硬译"而难懂的理论"天书",究竟为什么而译的呢?不是等于不译么?

我的回答,是:为了我自己,和几个以无产文学批评家自居的人,和一部分不图"爽快",不怕艰难,多少要明白一些这理论的读者。

从前年以来,对于我个人的攻击是多极了,每一种刊物上,大抵总要看见"鲁迅"的名字,而作者的口吻,则粗粗一看,大抵好像革命文学家。但我看了几篇,竟逐渐觉得废话太多了。解剖刀既不中腠理,子弹所击之处,也不是致命伤。例如我所属的阶级罢,就至今还未判定,忽说小资产阶级,忽说"布尔乔亚",有时还升为"封建余孽",而且又等于猩猩[49](见《创造月刊》上的"东京通信");有一回则骂到牙齿的颜色。在这样的社会里,有封建余孽出风头,是十分可能的,但封建余孽就是猩猩,却在任何"唯物史观"上都没有说明,也找不出牙齿色黄,即有害于无产阶级革命的论据。我于是想,可供参考的这样的理论,是太少了,所以大家有些胡涂。对于敌人,解剖,咬嚼,现在是在所不免的,不过有一本解剖学,有一本烹饪法,依法办理,则构造味道,总还可以较为清楚,有味。人往往以神话中的 Prometheus[50]比革命者,以为窃火给人,虽遭天帝之虐待不悔,其博大坚忍正相同。但我从别国里窃得火来,本意却在煮自己的肉的,以为倘能味道较好,庶几在咬嚼者那一面也得到较多的好处,我也不枉费了身躯:出发点全是个人主义,并且还夹杂着小市民性的奢华,以及慢慢地摸出解剖刀来,反而刺进解剖者的心脏里去的"报复"。梁先生说"他们要报复!"其实岂只"他们",这样的人在"封建余孽"中也很有的。然而,我也愿意于社会上有些用处,看客所见的结果仍是火和光。这样,首先开手的就是《文艺政策》[51],因为其中含有各派的议论。

郑伯奇先生现在是开书铺,[52]印 Hauptmann 和 Gregory 夫人[53]的剧本了,那时他还是革命文学家,便在所编的《文艺生活》[54]上,笑我的翻译这书,是不甘没落,而可惜被别人着了先鞭。翻一本书便会浮起,做革命文学家真太容易了,我并不这样想。有一种小报,则说我的译《艺术论》是"投降"。[55]是的,投降的事,为世上所常有。但其时成仿吾元帅早已爬出日本的温泉,住进巴黎的旅馆了,在这里又向谁去输诚呢。今年,说法又两样了,在《拓荒者》和《现代小说》上,都说是"方向转换"。[56]我看见日本的有些杂志中,曾将这四字加在先前的新感觉派片冈铁兵[57]上,算是一个好名词。其实,这些纷纭之谈,也还是只看名目,连想也不肯想的老病。译一本关于无产文学的书,是不足以证明方向的,倘有曲译,倒反足以为害。我的译书,就也要献给这些速断的无产文学批评家,因为他们是有不贪"爽快",耐苦来研究这些理论的义务的。

但我自信并无故意的曲译,打着我所不佩服的批评家的伤处了的时候我就一笑,打着我的伤处了的时候我就忍疼,却决不肯有所增减,这也是始终"硬译"的一个原因。自然,世间总会有较好的翻译者,能够译成既不曲,也不"硬"或"死"的文章的,那时我的译本当然就被淘汰,我就只要来填这从"无有"到"较好"的空间罢了。

然而世间纸张还多,每一文社的人数却少,志大力薄,写不完所有的纸张,于是一社中的职司克敌助友,扫荡异类的批评家,看见别人来涂写纸张了,便喟然兴叹,不胜其摇头顿足之苦。上海的《申报》上,至于称社会科学的翻译者为"阿狗阿猫"[58],其愤愤有如此。在"中国新兴文学的地位,早为读者所共知"的蒋光Z[59]先生,曾往日本东京养病,看见藏原惟人[60],谈到日本有许多翻译太坏,简直比原文还难读……他就笑了起来,说:"……那中国的翻译界更要莫名其妙了,近来中国有许多书籍都是译自日文的,如果日本人将欧洲人那一国的作品带点错误和删改,从日文译到中国去,试问这作品岂不是要变了一半相貌么?……"[61](见《拓荒者》)也就是深不满于翻译,尤其是重译的表示。不过梁先生还举出书名和坏处,蒋先生却只嫣然一笑,扫荡无余,真是普遍得远了。藏原惟人是从俄文直接译过许多文艺理论和小说的,于我个人就极有裨益。我希望中国也有一两个这样的诚实的俄文翻译者,陆续译出好书来,不仅自骂一声"混蛋"就算尽了革命文学家的责任。

然而现在呢,这些东西,梁实秋先生是不译的,称人为"阿狗阿猫"的伟人也不译,学过俄文的蒋先生原是最为适宜的了,可惜养病之后,只出了一本《一周间》[62],而日本则早已有了两种的译本。中国曾经大谈达尔文,大谈尼采,到欧战时候,则大骂了他们一通,但达尔文的著作的译本,至今只有一种,[63]尼采的则只有半部,[64]学英德文的学者及文豪都不暇顾及,或不屑顾及,拉倒了。所以暂时之间,恐怕还只好任人笑骂,仍从日文来重译,或者取一本原文,比照了日译本来直译罢。我还想这样做,并且希望更多有这样做的人,来填一填彻底的高谈中的空虚,因为我们不能像蒋先生那样的"好笑起来",也不该如梁先生的"等着,等着,等着"了。

## 六

我在开头曾有"以硬自居了,而实则其软如棉,正是新月社的一种特色"这些话,到这里还应该简短地补充几句,就作为本篇的收场。

《新月》一出世,就主张"严正态度"[65],但于骂人者则骂之,讥人者则讥之。这并不错,正是"即以其人之道,还治其人之身"[66],虽然也是一种"报复",而非为了自己。到二卷六七号合本的广告上,还说"我们都保持'容忍'的态度(除了'不容忍'的态度是我们所不能容忍以外),我们都喜欢稳健的合乎理性的学说"。上两句也不错,"以眼还眼,以牙还牙",和开初仍然一贯。然而从这条大路走下去,一定要遇到"以暴力抗暴力",这和新月社诸君所喜欢的"稳健"也不能相容了。

这一回,新月社的"自由言论"遭了压迫[67],照老办法,是必须对于压迫者,也加以压迫,但《新月》上所显现的反应,却是一篇《告压迫言论自由者》[68],先引对方的党义,次引外国的法律,终引东西史例,以见凡压迫自由者,往往臻于灭亡:是一番替对方设想的警告。

所以,新月社的"严正态度","以眼还眼"法,归根结蒂,是专施之力量相类,或力量较小的人的,倘给有力者打肿了眼,就要破例,只举手掩住自己的脸,叫一声"小心你自己的眼睛!"

\* \* \*

〔1〕 本篇最初发表于1930年3月上海《萌芽月刊》第一卷第三期。

〔2〕 《新月》月刊团体 指新月社,文学和政治性团体,1923年成立于北京。主要成员有胡适、徐志摩、陈源、梁实秋、闻一多、罗隆基等。取名于印度诗人泰戈尔的《新月集》。该社曾以诗社名义于1926

年4月1日至6月10日在北京《晨报副刊》出过《诗镌》(周刊),提倡现代格律诗。1927年春在上海创办新月书店,1928年3月出版综合性的《新月》月刊,主张"英国式"民主政治。新月社主要成员曾因办《现代评论》杂志而又被称为"现代评论派"。

〔3〕 争"言论自由"的文字 指《新月》月刊第二卷第六、七号合刊(1929年9月)上刊载的胡适的《新文化运动与国民党》、罗隆基的《告压迫言论自由者》和编者的《敬告读者》等。后者以同人的名义说:"我们都信仰'思想自由',我们都主张'言论出版自由',我们都保持'容忍'的态度(除了'不容忍'的态度是我们所不能容忍以外),我们都喜欢稳健的合乎理性的学说。"

〔4〕 梁实秋(1902—1987) 原籍浙江杭县(今余杭),生于北京。新月社主要成员。他在《新月》第二卷第六、七号合刊发表的《论鲁迅先生的"硬译"》中说:"曲译诚然要不得,因为对于原文太不忠实,把精华译成了糟粕,但是一部书断断不会从头至尾的完全曲译,一页上就是发现几处曲译的地方,究竟还有没有曲译的地方;并且部分的曲译即使是错误,究竟也还给你一个错误,这个错误也许真是害人无穷的,而你读的时候究竟还落个爽快。死译就不同了:死译一定是从头至尾的死译,读了等于不读,枉费时间精力。况且犯曲译的毛病的同时决不会犯死译的毛病,而死译者却有时正不妨同时是曲译。所以我以为,曲译固是我们深恶痛绝的,然而死译之风也断不可长。"

〔5〕 《文艺与批评》 鲁迅翻译的苏联文艺批评家卢那察尔斯基的论文集。1929年10月上海水沫书店出版。

〔6〕 仂句 语法术语,指一个大句子中的小句子,现多称作"主谓词组"。

〔7〕 新月社的声明 指《新月》创刊号(1928年3月)所载《新月

的态度》。其中说:"我们这几个朋友,没有什么组织除了这月刊本身,没有什么结合除了在文艺和学术上的努力,没有什么一致除了几个共同的理想。"

〔8〕 Proletary 英语:无产者。下文的"普罗列塔利亚"是英语 Proletariat 的音译,即无产阶级。

〔9〕 《韦白斯特大字典》 美国诺·韦白斯特(1758—1843)编辑的一部大型英语辞典,1828 年初版。下面英文的意思是:无产者是最低阶级的公民,他们不是以财产而只是以生孩子为国家服务。

〔10〕 "舍密学" 即化学。舍密是德语 Chemie 的音译,来源于希腊语 Chemeia,意为"炼金术"。

〔11〕 徐志摩(1897—1931) 浙江海宁人,诗人。沈从文(1902—1988) 湖南凤凰人,作家。凌叔华(1900—1990),广东番禺人,小说家。他们当时经常在《新月》上发表小说。后面提到的《搬家》,是凌叔华写的短篇小说。

〔12〕 闲话 指陈西滢在《现代评论》"闲话"专栏上发表的文章,他后来结集为《西滢闲话》,1928 年 3 月新月书店出版。

〔13〕 潘光旦(1899—1967) 江苏宝山(今属上海市)人,社会学家,新月社成员。他曾根据一些官绅家族的家谱来解释遗传,宣传优生学。著有《明清两代嘉兴的望族》等书。优生学是英国遗传学家哥尔登在 1883 年提出的"改良人种"的学说。它认为人或人种在生理和智力上的差别是由遗传决定的,只有发展"优等人",淘汰"劣等人",社会问题才能解决。

〔14〕 白璧德(I. Babbitt,1865—1933) 美国文学批评家,新人文主义美学创始人之一,哈佛大学教授。他主张文学应该恢复欧洲古典的人文主义传统,以"人的法则"反对"物的法则",提倡表现均衡的人

性,否定包括浪漫主义、批判现实主义在内的自然主义倾向。代表作有《新拉奥孔》《卢梭与浪漫主义》《批评家与美国生活》等。梁实秋在《新月》上经常介绍白璧德的人文主义理论,并将吴宓等人译的白璧德的论文编成《白璧德与人文主义》一书,于1929年1月由新月书店出版。

〔15〕 两首译诗　指郭沫若译的苏联马林霍夫的《十月》(见1929年上海光华书局出版的《新俄诗选》),和苏汶译的苏联撒莫比特尼克的《给一个新同志》(见1929年水沫书店出版的波格丹诺夫《新艺术论》中的《无产阶级诗歌》)。

〔16〕 《史》　指《史记》,西汉司马迁著。《汉》,指《汉书》,东汉班固著。《书经》,即《尚书》,是我国上古历史文件和部分追述古代事迹的著作的汇编。

〔17〕 唐译佛经,元译上谕　我国自东汉时起,即开始了佛经的翻译工作,到唐代有了新的发展,其中最著名的是玄奘主持译出的佛经七十五部,一三三五卷。元朝统治者曾强制规定诏令、奏章和官府文书都必须使用蒙文,而附以汉文的译文。唐代和元代这类翻译多为直译,保存了原文的一些语法结构,有的词还用汉语音译,对当时及后来的汉语词汇和语法,都产生过不小的影响。

〔18〕 "于我如浮云"　语出《论语·述而》:"不义而富且贵,于我如浮云。"

〔19〕 厨川白村(1880—1923)　日本文艺评论家。著有文艺论文集《出了象牙之塔》和《苦闷的象征》等。

〔20〕 《古文观止》　清代康熙年间吴楚材、吴调侯编选的古文读本,收入先秦到明代的散文二二二篇。

〔21〕 梁实秋这段话的原文如下:"无产阶级文学理论方面的书

翻成中文的我已经看见约十种了,专门宣传这种东西的杂志,我也看了两三种。我是想尽我的力量去懂他们的意思,但是不幸的很,没有一本这类的书能被我看得懂。内容深奥,也许是;那么便是我的学力不够。但是这一类宣传的书,如什么卢那卡尔斯基,蒲力汗诺夫,婆格达诺夫之类,最使我感得困难的是文字。其文法之艰涩,句法之繁复,简直读起来比读天书还难。宣传无产文学理论的书而竟这样的令人难懂,恐怕连宣传品的资格都还欠缺,现在还没有一个中国人,用中国人所能看得懂的文字,写一篇文章告诉我们无产文学的理论究竟是怎样一回事。我现在批评所谓无产文学理论,也只能根据我所能了解的一点点的材料而已。"

〔22〕 卢那卡尔斯基(А. В. Луначарский,1875—1933) 通译卢那察尔斯基,苏联文艺评论家。曾任苏联第一任教育人民委员部的人民委员(部长)。著有《艺术与革命》、《实证美学的基础》和剧本《被解放的吉诃德先生》等。鲁迅曾翻译过他的《艺术论》,1929年6月上海大江书铺出版。

〔23〕 蒲力汗诺夫(Г. В. Плеханов,1856—1918) 通译普列汉诺夫,俄国早期的马克思主义理论家,后来成为孟什维克和第二国际的首领之一。鲁迅曾翻译他早期的文艺论著,以《艺术论》为题,1930年7月上海光华书局出版,为《科学的艺术论丛书》之一。

〔24〕 婆格达诺夫(А. А. Богданов,1873—1928) 通译波格丹诺夫,苏联哲学家。曾一度加入布尔什维克,1918年提出"无产阶级文化"的主张。他的《无产阶级诗歌》、《无产阶级艺术的批评》、《宗教、艺术与马克斯主义》等三篇论文曾译成英文,载英国伦敦《劳动月刊》,后由苏汶译成中文,加上画室译的《"无产者文化"宣言》,辑为《新艺术论》,于1929年由水沫书店出版。

〔25〕 托罗兹基(Л. Д. Троцкий,1879—1940) 通译托洛茨基,

苏俄政治家,参与领导十月革命,曾任革命军事委员会主席等职。列宁逝世后,成为联共(布)党内反对派领袖,1927年被开除出党,1929年被逐出境,后死于墨西哥。他的《文学与革命》,曾于1925年美国纽约国际出版社出版英文版,后由李霁野、韦素园译成中文,于1928年2月由北京未名社出版。

〔26〕 吴稚晖(1865—1953) 名敬恒,江苏武进人,早年参加同盟会,后任国民党中央监察委员、中央政治会议委员等职。这里所引的他的言论,见于1927年5月他给汪精卫的信。

〔27〕 梁实秋这段话,见于《文学是有阶级性的吗?》一文:"无产者本来并没有阶级的自觉。是几个过于富同情心而又态度褊激的领袖把这个阶级观念传授了给他们。阶级的观念是要促起无产者的联和,是要激发无产者的争斗的欲念。一个无产者假如他是有出息的,只消辛辛苦苦诚诚实实的工作一生,多少必定可以得到相当的资产。这才是正当的生活争斗的手段。但是无产者联合起来之后,他们是一个阶级了,他们要有组织了,他们是一个集团了,于是他们便不循常轨的一跃而夺取政权财权,一跃而为统治阶级。他们是要报复!他们唯一的报复的工具就是靠了人多势众!'多数''群众''集团'这就是无产阶级的暴动的武器。"

〔28〕 格里莱阿(G. Galileo,1564—1642) 通译伽俐略,意大利物理学家、天文学家。1632年他发表《关于两种世界体系对话》,反对教会信奉的托勒密的地球中心说,证实和发展了哥白尼的地球围绕太阳旋转的"日心说",为此于1633年被罗马教廷宗教裁判所判罪,软禁终身。

〔29〕 达尔文(C. R. Darwin,1809—1882) 英国生物学家,进化论的奠基者。他在1859年出版的《物种起源》一书中,提出以自然选择为基础的进化学说,摧毁了各种唯心主义的神造论、目的论和物种不变

论,给宗教神学以沉重打击。为此曾受到教权派和巴黎科学院的排斥和歧视。

〔30〕 卢梭(J. J. Rousseau,1712—1778) 又译卢骚,法国启蒙思想家。著有《民约论》、《爱弥儿》、《忏悔录》等。他提倡人权平等学说,认为私有制是社会不平等的根源,但他不主张消灭私有制,只希望通过法律来限制财富的大量集中。"资产是文明的基础",见于他1755年为《法兰西百科全书》所写的《论政治经济学》,译文应为"财产是文明社会的真正基础"。梁实秋歪曲引用卢梭这句话所发的议论,见于《文学是有阶级性的吗?》。

〔31〕 这些话也见于《文学是有阶级性的吗?》:"无产阶级的暴动的主因是经济的。旧日统治阶级的窳败,政府的无能,真的领袖的缺乏,也是促成无产阶级的起来的原由。这种革命的现象不能是永久的,经过自然进化之后,优胜劣败的定律又要证明了,还是聪明才力过人的人占优越的位置,无产者仍是无产者。文明依然是要进行的。无产阶级大概也知道这一点,也知道单靠了目前经济的满足并不能永久的担保这个阶级的胜利。反文明的势力早晚还是要被文明的势力所征服的。所以无产阶级近来于高呼'打倒资本家'之外又有了新的工作,他们要建立所谓'无产阶级的文化'或'普罗列塔利亚的文化',这里面包括文学艺术。"

〔32〕 这些话也见于《文学是有阶级性的吗?》:"文学的国土是最宽泛的,在根本上和在理论上没有国界,更没有阶级的界限。一个资本家和一个劳动者,他们的不同的地方是有的,遗传不同,教育不同,经济的环境不同,因之生活状态也不同,但是他们还有同的地方。他们的人性并没有两样,他们都感到生老病死的无常,他们都有爱的要求,他们都有怜悯与恐怖的情绪,他们都有伦常的观念,他们都企求身心的愉快。文学就是表现这最基本的人性的艺术。无产阶级的生活的苦痛固

然值得描写,但是这苦痛如其真是深刻的必定不是属于一阶级的。人生现象有许多方面都是超于阶级的。例如,恋爱(我说的是恋爱的本身,不是恋爱的方式)的表现,可有阶级的分别吗？例如,歌咏山水花草的美丽,可有阶级的分别吗？没有的。如其文学只是生活现象的外表的描写,那么,我们可以承认文学是有阶级性的,我们也可以了解无产文学是有它的理论根据;但是文学不是这样肤浅的东西,文学是从人心中最深处发出来的声音。如其'烟囱呀！''汽笛呀！''机轮呀！''列宁呀！'便是无产文学,那么无产文学就用不着什么理论,由它自生自灭罢。我以为把文学的题材限于一个阶级的生活现象的范围之内,实在是把文学看得太肤浅太狭隘了。"

〔33〕 梁实秋在《文学是有阶级性的吗？》一文中说:"文学家就是一个比别人感情丰富感觉敏锐想像发达艺术完美的人。他是属于资产阶级或无产阶级,这于他的作品有什么关系？托尔斯泰是出身贵族,但是他对于平民的同情真可说是无限量的,然而他并不主张阶级斗争;许多人奉为神明的马克斯,他自己并不是什么无产阶级中的人物;终身穷苦的约翰孙博士,他的志行高洁吐属文雅比贵族还有过无不及。我们估量文学的性质与价值,是只就文学作品本身立论,不能连累到作者的阶级和身分。"

〔34〕 托尔斯泰(Л. Н. Толстой,1828—1910) 俄国作家。著有长篇小说《战争与和平》、《安娜·卡列尼娜》、《复活》等。他出身于贵族地主家庭。他的作品无情地揭露沙皇制度和资本主义势力的种种罪恶,同时又宣扬道德的自我完善和"不用暴力抵抗邪恶"。

〔35〕 约翰孙(S. Johnson,1709—1784) 英国作家、文学批评家。出身于书商家庭,早年靠卖文为生。后因独力编撰第一部《英语辞典》,受到皇室的赏识,被授予政府年金。从此成了"名流",进入上层社会。

〔36〕 这里所引也见《文学是有阶级性的吗？》,原文说:"好的作

品永远是少数人的专利品,大多数永远是蠢的永远是与文学无缘的。不过鉴赏力之有无却不与阶级相干,贵族资本家尽有不知文学为何物者,无产的人也尽有能赏鉴文学者。创造文学固是天才,鉴赏文学也是天生的一种福气。所以文学的价值决不能以读者数目多寡而定。一般劳工劳农需要娱乐,也许需要少量的艺术的娱乐,例如什么通俗的戏剧,电影,侦探小说,之类。为大多数人读的文学必是逢迎群众的,必是俯就的,必是浅薄的;所以我们不该责令文学家来做这种的投机买卖。……皇室贵族雇用一班无聊文人来做讴功颂德的诗文,我们觉得讨厌,因为这种文学是虚伪的假造的;但是在无产阶级威胁之下便做对于无产阶级讴功颂德的文学,还不是一样的虚伪讨厌?文学家只知道聚精会神的创作,……谁能了解他,谁便是他的知音,不拘他是属于那一阶级。文学是属于全人类的。"

〔37〕 成仿吾(1897—1984) 笔名石厚生,湖南新化人,文学评论家,创造社主要成员。他在《文化批判》第二号(1928年2月)《打发他们去》一文中说:"把一切封建思想,布尔乔亚的根性与他们的代言者清查出来,给他们一个正确的评价,替他们打包,打发他们去。"

〔38〕 这里所引也见《文学是有阶级性的吗?》,原文说:"无产文学理论家时常告诉我们,文艺是他们的斗争的'武器'。把文学当作'武器'!这意思很明白,就是说把文学当做宣传品,当做一种阶级斗争的工具。我们不反对任何人利用文学来达到另外的目的,这与文学本身无害的,但是我们不能承认宣传式的文字便是文学。"

〔39〕 钱杏邨(1900—1977) 笔名阿英,安徽芜湖人,文学家,太阳社主要成员。他在《拓荒者》第一期(1930年1月)《中国新兴文学中的几个具体的问题》中说:"这种文学(按指标语口号式的文学),虽然在各方面都很幼稚,但有时它是足以鼓动大众的。鲁那卡尔斯基(Lunacharsky)说,'能够将复杂的,尊贵的社会的内容,用了使千百万人

也都感动的强有力的艺术的单纯,表现出来的作家,愿于他有光荣罢。即使靠了比较的单纯的比较的初步的内容也好,能够使这几百万的大众感动的作家,愿于他有光荣罢。对于这样的作家,马克斯主义批评家应该非常之高地评价。'(《关于科学的文艺批评之任务的提要》)为布尔乔亚所侮蔑着的'口号标语文学',在一方面,我们不能不承认它的幼稚,在另一方面,我们是不得不予以相当的估价的。"《拓荒者》,文艺月刊,蒋光慈编辑,1930年1月在上海创刊,"左联"成立后为"左联"刊物之一,同年五月第四、五期合刊出版后被国民党查禁。

〔40〕 台明·培特尼(Д. Бедный,1883—1945) 通译杰米扬·别德内依,苏联诗人。在苏联国内战争时期,他曾写了不少歌颂革命、讽刺敌人的政治鼓动诗。1923年4月全俄中央执行委员会主席团曾授予他红旗勋章(即赤旗章)。

〔41〕《论翻译之难》 指胡适的《论翻译》一文,载《新月》第一卷第十一期(1929年1月),其中有"翻译是一件艰难的事,谁都不免有错误"的话。

〔42〕 法兑耶夫(А. А. Фадеев,1901—1956) 通译法捷耶夫,苏联作家。著有长篇小说《毁灭》、《青年近卫军》等。《毁灭》曾由鲁迅译成中文,从1930年1月起在《萌芽月刊》上连载,题为《溃灭》;1931年以"三闲书屋"名义出版单行本,改题为《毁灭》。

〔43〕 格拉特珂夫(Ф. В. Гладков,1883—1958) 苏联小-说家。《水门汀》,又译《士敏土》,通译《水泥》,是他描写苏联经济复兴的长篇小说。

〔44〕 "布尔乔亚"的恶意 钱杏邨在《中国新兴文学中的几个具体的问题》中,说鲁迅、茅盾等对"口号标语文学"的批评,是"中国的布尔乔亚的作家"对"普罗列塔利亚文坛"的"恶意的嘲笑"。布尔乔亚,

法语 bourgeoisie 的音译,即资产阶级。

〔45〕 亚历舍·托尔斯泰(А. Н. Толстой,1883—1945)、威垒赛耶夫(В. В. Вересаев,1867—1945)、普理希文(М. М. Пришвин,1873—1954),都是在十月革命前即已成名,革命后仍继续创作活动的作家。

〔46〕 这些话,也见于《文学是有阶级性的吗?》。

〔47〕 "艺术之宫" 成仿吾在《创造》季刊第二卷第二期(1924年1月)《〈呐喊〉的评论》中说:鲁迅的历史小说《不周山》(后改名为《补天》)"虽然也还有不能令人满足的地方",却是表示作者"要进而入纯文艺的宫庭"的"杰作"。

〔48〕 "太阳" 隐指蒋光慈、钱杏邨等组织的文学团体太阳社。

〔49〕 "封建余孽" 见《创造月刊》第二卷第一期(1928年8月)杜荃(郭沫若)的《文艺战线上的封建余孽》:"他是资本主义以前的一个封建余孽。资本主义对于社会主义是反革命,封建余孽对于社会主义是二重的反革命。鲁迅是二重性的反革命的人物。以前说鲁迅是新旧过渡期的游移分子,说他是人道主义者,这是完全错了。他是一位不得志的 Fascist(法西斯谛)!"按法西斯蒂,当时有人译为棒喝主义。"猩猩"之说,见《创造月刊》第二卷第一期(1928年8月)杜荃(郭沫若)的《文艺战线上的封建余孽》一文,其中说鲁迅过去和陈西滢、长虹的论战"是猩猩和猩猩战"。下文所说"骂到牙齿的颜色",见于《流沙》第三期(1928年4月15日)署名心光的《鲁迅在上海》一文,其中说:"你看他这来在'华盖'之下哼出了一声'醉眼中的朦胧'来了。但他在这篇文章里消极的没有指摘出成仿吾等的错误,积极的他自己又不屑替我们青年指出一条出路来,他看见旁人的努力他就妒忌,他只是露出满口黄牙在那里冷笑。"

〔50〕 Prometheus 普罗米修斯,希腊神话中造福人类的神。相传

他从主神宙斯那里偷了火种给人类,受到宙斯的惩罚,被钉在高加索山的岩石上,让神鹰啄食他的肝脏。

〔51〕 《文艺政策》 鲁迅1928年翻译的关于苏联文艺政策的文件汇集,内容包括《关于对文艺的党的政策》(1924年5月俄共〔布〕中央召开的关于文艺政策讨论会的记录)、《观念形态战线和文学》(1925年1月第一次无产阶级作家大会的决议)和《关于文艺领域上的党的政策》(1925年6月俄共〔布〕中央的决议)三个部分。系根据日本外村史郎和藏原惟人辑译的日文本转译,曾连载于《奔流》月刊,1930年6月由水沫书店出版,列为鲁迅、冯雪峰主编的《科学的艺术论丛书》之一。

〔52〕 郑伯奇(1895—1979) 陕西长安人,作家,创造社成员。当时他在上海开设文献书房。

〔53〕 Hauptmann 霍普特曼(1862—1946),德国剧作家。Gregory夫人,格列高里夫人(1852—1932),爱尔兰剧作家。

〔54〕 《文艺生活》 创造社后期的文艺周刊,郑伯奇编辑,1928年12月在上海创刊,共出四期。

〔55〕 所谓"投降"之说,见于1929年8月19日上海小报《真报》所载尚文的《鲁迅与北新书局决裂》一文,其中说鲁迅在被创造社"批判"之后,"今年也提起笔来翻过一本革命艺术论,表示投降的意味。"

〔56〕 "方向转换" 《拓荒者》第一期(1930年1月)所载钱杏邨《中国新兴文学中的几个具体的问题》中说:"……就是现在'在转换中'的鲁迅吧,也写过'文笔的拙劣不如报纸的新闻'(见第五卷"语丝")这一类的讽刺。"《现代小说》第三卷第三期(1929年12月)所载刚果伦的《一九二九年中国文坛的回顾》中也说:"鲁迅给我们的只是他转换了方向以后的关于普罗文艺的译品。"

〔57〕 片冈铁兵(1894—1944) 日本作家。他曾在1924年创办

《文艺时代》杂志，从事"新感觉派"文艺运动，1928年后一度转向进步的文艺阵营。

〔58〕 "阿狗阿猫"　1930年1月8日《申报·艺术界》（国民党官员朱应鹏主编）"余话"栏刊载陈洁的《社会科学书籍的瘟疫》一文，攻击马列主义理论的翻译和传播，说"阿猫也来一本社会科学的理论，阿狗也来一本社会科学大纲，驯至阿猫阿狗联合起来弄社会科学大全，这样，杂乱胡糟的社会科学书籍就发瘟了。"同月16日该刊又发表偶然的《创作数种》，其中也有类似的话："看了阿猫阿狗都译着连自己都搅不明白的社会科学书，我们的确相信现在是社会科学时代了。"《申报》，参看本书第125页注〔2〕。

〔59〕 蒋光Z　指蒋光慈（1901—1931），曾名蒋光赤（大革命失败后改赤为慈），安徽六安人，太阳社主要成员之一，作家。著有诗集《新梦》，小说《短裤党》、《田野的风》等。

〔60〕 藏原惟人（1902—1991）　日本文艺评论家、政治家。

〔61〕 蒋光慈的这些话，见他在《拓荒者》第一期（1930年1月）发表的《东京之旅》。

〔62〕 《一周间》　以苏联国内战争为题材的中篇小说，苏联里别进斯基作，蒋光慈译。1930年1月上海北新书局出版。

〔63〕 达尔文的学术著作，当时我国只有马君武译的《物种原始》（即《物种起源》）一种，1920年上海中华书局出版。

〔64〕 尼采（F. Nietzsche，1844—1900）　德国哲学家、诗人。著有《悲剧的诞生》、《扎拉图斯特拉如是说》等。尼采的著作，当时我国只有郭沫若译的《查拉图司屈拉钞》的第一部，1928年6月创造社出版部出版。

〔65〕 "严正态度"　指新月社在《新月》第一卷第一号（1928年3

月)发刊辞《新月的态度》中所表示的态度。他们提出所谓"健康"和"尊严"的"两大原则",认为当时一切进步的和革命的文艺,都是和他们"所标举的两大原则——健康与尊严——不相容的"。在该刊第二卷第六、七期合刊(1929年9月)的《敬告读者》中,又说"我们的立论的态度希望能做到严正的地步"。

〔66〕 "即以其人之道,还治其人之身"　语出《中庸》宋代朱熹注。

〔67〕 新月社的"自由言论"遭了压迫　当时新月派要求的"思想自由"也得不到允许,例如胡适在1929年《新月》月刊上先后发表《人权与约法》、《知难,行亦不易》等文,国民党当局认为他"批评党义"、"污辱总理",曾议决由教育部对胡适加以"警戒"。

〔68〕《告压迫言论自由者》　罗隆基作,载《新月》第二卷第六、七期合刊(1929年9月)。

# 习惯与改革[1]

都已硬化了的人民,对于极小的一点改革,也无不加以阻挠,表面上好像恐怕于自己不便,其实是恐怕于自己不利,但所设的口实,却往往见得极其公正而且堂皇。

今年的禁用阴历[2],原也是琐碎的,无关大体的事,但商家当然叫苦连天了。不特此也,连上海的无业游民,公司雇员,竟也常常慨然长叹,或者说这很不便于农家的耕种,或者说这很不便于海船的候潮。他们居然因此念起久不相干的乡下的农夫,海上的舟子来。这真像煞有些博爱。

一到阴历的十二月二十三,爆竹就到处毕毕剥剥。我问一家的店伙:"今年仍可以过旧历年,明年一准过新历年么?"那回答是:"明年又是明年,要明年再看了。"他并不信明年非过阳历年不可。但日历上,却诚然删掉了阴历,只存节气。然而一面在报章上,则出现了《一百二十年阴阳合历》[3]的广告。好,他们连曾孙玄孙时代的阴历,也已经给准备妥当了,一百二十年!

梁实秋先生们虽然很讨厌多数,但多数的力量是伟大,要紧的,有志于改革者倘不深知民众的心,设法利导,改进,则无论怎样的高文宏议,浪漫古典[4],都和他们无干,仅止于几个人在书房中互相叹赏,得些自己满足。假如竟有"好人政府"[5]，出令改革乎，不多久，就早被他们拉回旧道上去了。

真实的革命者，自有独到的见解，例如乌略诺夫先生，他是将"风俗"和"习惯"，都包括在"文化"之内的，并且以为改革这些，很为困难。[6]我想，但倘不将这些改革，则这革命即等于无成，如沙上建塔，顷刻倒坏。中国最初的排满革命，所以易得响应者，因为口号是"光复旧物"，就是"复古"，易于取得保守的人民同意的缘故。但到后来，竟没有历史上定例的开国之初的盛世，只枉然失了一条辫子，就很为大家所不满了。

以后较新的改革，就著著失败，改革一两，反动十斤，例如上述的一年日历上不准注阴历，却来了阴阳合历一百二十年。

这种合历，欢迎的人们一定是很多的，因为这是风俗和习惯所拥护，所以也有风俗和习惯的后援。别的事也如此，倘不深入民众的大层中，于他们的风俗习惯，加以研究，解剖，分别好坏，立存废的标准，而于存于废，都慎选施行的方法，则无论怎样的改革，都将为习惯的岩石所压碎，或者只在表面上浮游一些时。

现在已不是在书斋中，捧书本高谈宗教，法律，文艺，美术……等等的时候了，即使要谈论这些，也必须先知道习惯和风俗，而且有正视这些的黑暗面的勇猛和毅力。因为倘不看清，就无从改革。仅大叫未来的光明，其实是欺骗怠慢的自己和怠慢的听众的。

\* \* \* \*

〔1〕 本篇最初发表于1930年3月1日《萌芽月刊》第一卷

第三期。

〔2〕 禁用阴历　指1929年10月7日国民党当局发布的通令,其中规定:"凡商家帐目,民间契纸及一切签据,自十九年(按即1930年)一月一日起一律适用国历,如附用阴历,法律即不生效。"

〔3〕 《一百二十年阴阳合历》　指《一百二十年阴阳历对照表》,中华学艺社编,上海华通书局印行。

〔4〕 浪漫古典　梁实秋曾出版过论文集《浪漫的与古典的》,宣扬白璧德的新人文主义。

〔5〕 "好人政府"　是胡适等人于1922年5月提出的政治主张,见《努力周报》第二期发表的《我们的政治主张》一文:"我们以为现在不谈政治则已,若谈政治,应该有一个切实的,明了的,人人都能了解的目标。我们以为国内的优秀分子,无论他们理想中的政治组织是什么,……现在都应该平心降格的公认'好政府'一个目标,作为现在改革中国政治的最低限度的要求。""今日政治改革第一步在于好人须要有奋斗的精神。凡是社会上的优秀分子,应该为自卫计,为社会国家计,出来和恶势力奋斗。"1930年前后,胡适、罗隆基等又在《新月》上重提这个主张。

〔6〕 乌略诺夫　通译乌里扬诺夫,即列宁。他在《共产主义运动中的"左派"幼稚病》一书中曾说:"无产阶级专政是对旧社会的势力和传统进行的顽强斗争,流血的和不流血的,暴力的和和平的,军事的和经济的,教育的和行政的斗争。千百万人的习惯势力是最可怕的势力。没有铁一般的和在斗争中锻炼出来的党,没有为本阶级一切正直的人所信赖的党,没有善于考察群众情绪和影响群众情绪的党,要顺利地进行这种斗争是不可能的。"

# 非革命的急进革命论者[1]

倘说,凡大队的革命军,必须一切战士的意识,都十分正确,分明,这才是真的革命军,否则不值一哂。这言论,初看固然是很正当,彻底似的,然而这是不可能的难题,是空洞的高谈,是毒害革命的甜药。

譬如在帝国主义的主宰之下,必不容训练大众个个有了"人类之爱",然后笑嘻嘻地拱手变为"大同世界"[2]一样,在革命者们所反抗的势力之下,也决不容用言论或行动,使大多数人统得到正确的意识。所以每一革命部队的突起,战士大抵不过是反抗现状这一种意思,大略相同,终极目的是极为歧异的。或者为社会,或者为小集团,或者为一个爱人,或者为自己,或者简直为了自杀。然而革命军仍然能够前行。因为在进军的途中,对于敌人,个人主义者所发的子弹,和集团主义者所发的子弹是一样地能够制其死命;任何战士死伤之际,便要减少些军中的战斗力,也两者相等的。但自然,因为终极目的的不同,在行进时,也时时有人退伍,有人落荒,有人颓唐,有人叛变,然而只要无碍于进行,则愈到后来,这队伍也就愈成为纯粹,精锐的队伍了。

我先前为叶永蓁君的《小小十年》作序,[3]以为已经为社会尽了些力量,便是这意思。书中的主角,究竟上过前线,当过哨兵（虽然连放枪的方法也未曾被教），比起单是抱膝哀歌，握笔愤叹的文豪们来，实在也切实得远了。倘若要现在的战士都是意识正确，而且坚于钢铁之战士，不但是乌托邦[4]的空想，也是出于情理之外的苛求。

但后来在《申报》上，却看见了更严厉，更彻底的批评，[5]因为书中的主角的从军，动机是为了自己，所以深加不满。《申报》是最求和平，最不鼓动革命的报纸，初看仿佛是很不相称似的，我在这里要指出貌似彻底的革命者，而其实是极不革命或有害革命的个人主义的论客来，使那批评的灵魂和报纸的躯壳正相适合。

其一是颓废者，因为自己没有一定的理想和无力，便流落而求刹那的享乐；一定的享乐，又使他发生厌倦，则时时寻求新刺戟，而这刺戟又须利害，这才感到畅快。革命便也是那颓废者的新刺戟之一，正如饕餮者餍足了肥甘，味厌了，胃弱了，便要吃胡椒和辣椒之类，使额上出一点小汗，才能送下半碗饭去一般。他于革命文艺，就要彻底的，完全的革命文艺，一有时代的缺陷的反映，就使他皱眉，以为不值一哂。和事实离开是不妨的，只要一个爽快。法国的波特莱尔，谁都知道是颓废的诗人，然而他欢迎革命，待到革命要妨害他的颓废生活的时候，他才憎恶革命了。[6]所以革命前夜的纸张上的革命家，而且是极彻底，极激烈的革命家，临革命时，便能够撕掉他先前的假面，——不自觉的假面。这种史例，是也应该献给一碰小钉子，一有小地位（或小款子），便东窜东京，西走巴黎的成仿吾那样"革命文学家"的。

其一,我还定不出他的名目。要之,是毫无定见,因而觉得世上没有一件对,自己没有一件不对,归根结蒂,还是现状最好的人们。他现为批评家而说话的时候,就随便捞到一种东西以驳诘相反的东西。要驳互助说[7]时用争存说,驳争存说时用互助说;反对和平论时用阶级争斗说,反对斗争时就主张人类之爱。论敌是唯心论者呢,他的立场是唯物论,待到和唯物论者相辩难,他却又化为唯心论者了。要之,是用英尺来量俄里,又用法尺来量密达,而发见无一相合的人。因为别的一切,无一相合,于是永远觉得自己是"允执厥中"[8],永远得到自己满足。从这些人们的批评的指示,则只要不完全,有缺陷,就不行。但现在的人,的事,那里会有十分完全,并无缺陷的呢,为万全计,就只好毫不动弹。然而这毫不动弹,却也就是一个大错。总之,做人之道,是非常之烦难了,至于做革命家,那当然更不必说。

《申报》的批评家对于《小小十年》虽然要求彻底的革命的主角,但于社会科学的翻译,是加以刻毒的冷嘲的[9],所以那灵魂是后一流,而略带一些颓废者的对于人生的无聊,想吃些辣椒来开开胃的气味。

\* \* \*

〔1〕 本篇最初发表于1930年3月1日《萌芽月刊》第一卷第三期。

〔2〕 "大同世界" 原是古代人设想的一种平等安乐的社会,后来常用以指"理想世界"。"大同"一词原出《礼记·礼运》。

〔3〕 叶永蓁(1908—1976) 原名叶会西,浙江乐清人,第一次国内革命战争时期黄埔军校第五期学生,革命失败后一度寄居上海,后重为国民党军队的军官。《小小十年》是他的一部自传体长篇小说,1929年9月上海春潮书局出版。

〔4〕 乌托邦 拉丁文 Utopia 的音译,源于英国汤姆士·莫尔在1516年所作的小说《乌托邦》。书中描写一种叫"乌托邦"的社会组织,寄托着作者空想社会主义的理想,由此"乌托邦"就成了"空想"的同义语。

〔5〕 这里所说《申报》的批评,指1929年11月19日《申报·艺术界》"新书月评"栏偶然评《小小十年》的文章。其中说:"我们的主人翁和许多革命青年一样,最初只是把革命当作一种无法可想之中的办法,至于那些冠冕堂皇的革命理由,差不多都是事后才知道,事后才说";"书中很强烈的暗示着,现在革命青年心目中的'革命',目的不是求民族复兴而是在个人求得出路而已。"并断定《小小十年》这样的作品就不算是可贵的了。"

〔6〕 波特莱尔(C. Baudelaire,1821—1867) 法国诗人。他曾参加法国1848年的二月革命,编辑《社会生路报》,并参加了6月的街垒战。但在这次革命失败后,他丧失了对于社会进步的信心,日益颓废。所作诗集《恶之华》,描写病态心理,歌颂死亡,充满悲观厌世情绪。

〔7〕 互助说 俄国无政府主义者克鲁泡特金的学说。它认为生物及人类的生存和进化是由于互助,主张以互助的办法解决社会矛盾。争存说,即达尔文进化论的生存竞争学说。这种学说认为,生物在维护个体生存和繁殖后代的过程中,与周围环境中的各种条件经常发生矛盾斗争,优胜劣败,适者生存。这种自然科学学说,后来被社会达尔文主义者用来解释人类社会。

〔8〕 "允执厥中" 语出《尚书·大禹谟》,不偏不倚的意思。

〔9〕 这里说的"冷嘲",参看本书第38页注〔58〕。

# 张资平氏的"小说学"[1]

张资平氏据说是"最进步"的"无产阶级作家",你们还在"萌芽",还在"拓荒",他却已在收获了。[2]这就是进步,拔步飞跑,望尘莫及。然而你如果追踪而往呢,就看见他跑进"乐群书店"[3]中。

张资平氏先前是三角恋爱小说作家,并且看见女的性欲,比男人还要熬不住,她来找男人,贱人呀贱人,该吃苦。这自然不是无产阶级小说。但作者一转方向,则一人得道,鸡犬飞升,[4]何况神仙的遗蜕呢,《张资平全集》还应该看的。这是收获呀,你明白了没有?

还有收获哩。《申报》报告,今年的大夏学生,敬请"为青年所崇拜的张资平先生"去教"小说学"了。中国老例,英文先生是一定会教外国史的,国文先生是一定会教伦理学的,何况小说先生,当然满肚子小说学。要不然,他做得出来吗?我们能保得定荷马[5]没有"史诗作法",沙士比亚[6]没有"戏剧学概论"吗?

呜呼,听讲的门徒是有福了,从此会知道如何三角,如何恋爱,你想女人吗,不料女人的性欲冲动比你还要强,自己跑来了。朋友,等着罢。但最可怜的是不在上海,只好遥遥"崇拜",难以身列门墙[7]的青年,竟不能恭听这伟大的"小说学"。现在我将《张资平全集》和"小说学"的精华,提炼在下面,遥献这些崇拜家,算是"望梅止渴"云。

那就是——△

二月二十二日。

\* \* \*

〔1〕 本篇最初发表于1930年4月1日《萌芽月刊》第一卷第四期,署名黄棘。

〔2〕 张资平(1893—1959) 广东梅县人,创造社早期成员,抗日战争时期任汪伪政府农矿部技正和日伪"兴亚建国运动"的"文化委员会"主席。他写过大量三角恋爱小说,在革命文学论争中,自称"转换方向"。他在自己主编的《乐群》月刊第二卷第十二期(1929年12月)的《编后》中,攻击《拓荒者》、《萌芽月刊》等刊物,其中说:"有人还自谦'拓荒''萌芽',或许觉得那样的探求嫌过早,但你们不要因为自己脚小便叫别人在路上停下来等你,我们要勉力跑快一点了,不要'收获'回到'拓荒',回到'萌芽',甚而至于回到'下种'呀!不要自己跟不上,便厌人家太早太快,望着人家走去。"

〔3〕 乐群书店 张资平1928年在上海开设的一个书店,1929年曾出版过《资平小说集》,并在《乐群》月刊上登过将为张资平"搜印全集以飨读者"的广告。

〔4〕 一人得道,鸡犬飞升 东晋葛洪《神仙传》卷四记载:汉代淮南王刘安吃了仙药成仙,"临去时,余药器置在中庭,鸡犬舐啄之,尽得升天。"这里是用以讽刺张资平曾一度宣称自己"转向"革命的投机行为。他在《乐群》半月刊第一卷第二期(1928年10月)的《编后并答辩》中曾说:"论我的作品,截至1926年冬止写《最后的幸福》后,就没有再

写那一类的作品了。无论从前发表过如何的浪漫的作品,只要今后能够转换方向前进。"

〔5〕 荷马(Homeros) 相传为公元前九世纪古希腊的行吟盲诗人,史诗《伊利亚特》、《奥德赛》的作者。

〔6〕 沙士比亚(W. Shakespeare,1564—1616) 通译莎士比亚,欧洲文艺复兴时期英国戏剧家、诗人。著有剧本《仲夏夜之梦》、《罗密欧与朱丽叶》、《哈姆雷特》等三十七种。

〔7〕 门墙 语出《论语·子张》:"夫子之墙数仞,不得其门而入,不见宗庙之美,百官之富,得其门者或寡矣。"后来常以"门墙"指教师讲学的地方。

# 对于左翼作家联盟的意见[1]

——三月二日在左翼作家联盟[2]成立大会讲

有许多事情,有人在先已经讲得很详细了,我不必再说。我以为在现在,"左翼"作家是很容易成为"右翼"作家的。为什么呢？第一,倘若不和实际的社会斗争接触,单关在玻璃窗内做文章,研究问题,那是无论怎样的激烈,"左",都是容易办到的;然而一碰到实际,便即刻要撞碎了。关在房子里,最容易高谈彻底的主义,然而也最容易"右倾"。西洋的叫做"Salon 的社会主义者",便是指这而言。"Salon"是客厅的意思,坐在客厅里谈谈社会主义,高雅得很,漂亮得很,然而并不想到实行的。这种社会主义者,毫不足靠。并且在现在,不带点广义的社会主义的思想的作家或艺术家,就是说工农大众应该做奴隶,应该被虐杀,被剥削的这样的作家或艺术家,是差不多没有了,除非墨索里尼[3],但墨索里尼并没有写过文艺作品。(当然,这样的作家,也还不能说完全没有,例如中国的新月派诸文学家,以及所说的墨索里尼所宠爱的邓南遮[4]便是。)

第二,倘不明白革命的实际情形,也容易变成"右翼"。革命是痛苦,其中也必然混有污秽和血,决不是如诗人所想像的那般有趣,那般完美;革命尤其是现实的事,需要各种卑贱的,麻烦的工作,决不如诗人所想像的那般浪漫;革命当然有破坏,然而更需要建设,破坏是痛快的,但建设却是麻烦的事。所以对于革命抱着浪漫谛克的幻想的人,一和革命接近,一到革命进行,便容易失望。听说俄国的诗人叶遂宁,当初也非常欢迎十月革命,当时他叫道,"万岁,天上和地上的革命!"又说"我是一个布尔塞维克了!"然而一到革命后,实际上的情形,完全不是他所想像的那么一回事,终于失望,颓废。叶遂宁后来是自杀了的,听说这失望是他的自杀的原因之一。[5] 又如毕力涅克和爱伦堡[6],也都是例子。在我们辛亥革命时也有同样的例,那时有许多文人,例如属于"南社"[7]的人们,开初大抵是很革命的,但他们抱着一种幻想,以为只要将满洲人赶出去,便一切都恢复了"汉官威仪"[8],人们都穿大袖的衣服,峨冠博带,大步地在街上走。谁知赶走满清皇帝以后,民国成立,情形却全不同,所以他们便失望,以后有些人甚至成为新的运动的反动者。但是,我们如果不明白革命的实际情形,也容易和他们一样的。

还有,以为诗人或文学家高于一切人,他底工作比一切工作都高贵,也是不正确的观念。举例说,从前海涅[9]以为诗人最高贵,而上帝最公平,诗人在死后,便到上帝那里去,围着上帝坐着,上帝请他吃糖果。在现在,上帝请吃糖果的事,是当然无人相信的了,但以为诗人或文学家,现在为劳动大众革命,将来革命成功,劳动阶级一定从丰报酬,特别优待,请他坐特等车,吃特等饭,或者劳动者捧着牛油面包来献他,说:"我们的诗人,请用吧!"这也是不正确的;因为实际上决不会有这种事,恐怕那时比现在还要苦,不但没有牛油面包,连黑面包都没有也说不定,俄国革命后一二年的情形便是例子。如果不明白这情形,也容易变成"右翼"。事实上,劳动者大众,只要不是梁实秋所说"有出息"者,也决不会特别看重知识阶级者的,如我所译的《溃灭》中的美谛克(知识阶级出身),反而常被矿工等所嘲笑。不待说,知识阶级有知识阶级的事要做,不应特别看轻,然而劳动阶级决无特别例外地优待诗人或文学家的义务。

现在,我说一说我们今后应注意的几点。

第一,对于旧社会和旧势力的斗争,必须坚决,持久不断,而且注重实力。旧社会的根柢原是非常坚固的,新运动非有更大的力不能动摇它什么。并且旧社会还有它使新势力妥协的好办法,但它自己是决不妥协的。在中国也有过许多新的运动了,却每次都是新的敌不过旧的,那原因大抵是在新的一面没有坚决的广大的目的,要求很小,容易满足。譬如白话文运动,当初旧社会是死力抵抗的,但不久便容许白话文底存在,给它一点可怜地位,在报纸的角头等地方可以看见用白话写的文章了,这是因为在旧社会看来,新的东西并没有什么,并不可怕,所以就让它存在,而新的一面也就满足,以为白话文已得到存在权了。又如一二年来的无产文学运动,也差不多一样,旧社会也容许无产文学,因为无产文学并不厉害,反而他们也来弄无产文学,拿去做装饰,仿佛在客厅里放着许多古董磁器以外,放一个工人用的粗碗,也很别致;而无产文学者呢,他已经在文坛上有个小地位,稿子已经卖得出去了,不必再斗争，批评家也唱着凯旋歌："无产文学胜利！"但除了个人的胜利，即以无产文学而论，究竟胜利了多少？况且无产文学，是无产阶级解放斗争底一翼，它跟着无产阶级的社会的势力的成长而成长，在无产阶级的社会地位很低的时候，无产文学的文坛地位反而很高，这只是证明无产文学者离开了无产阶级，回到旧社会去罢了。

第二，我以为战线应该扩大。在前年和去年，文学上的战争是有的，但那范围实在太小，一切旧文学旧思想都不为新派的人所注意，反而弄成了在一角里新文学者和新文学者的斗争，旧派的人倒能够闲舒地在旁边观战。

第三，我们应当造出大群的新的战士。因为现在人手实在太少了，譬如我们有好几种杂志[10]，单行本的书也出版得不少，但做文章的总同是这几个人，所以内容就不能不单薄。一个人做事不专，这样弄一点，那样弄一点，既要翻译，又要做小说，还要做批评，并且也要做诗，这怎么弄得好呢？这都因为人太少的缘故，如果人多了，则翻译的可以专翻译，创作的可以专创作，批评的专批评；对敌人应战，也军势雄厚，容易克服。关于这点，我可带便地说一件事。前年创造社和太阳社向我进攻的时候，那力量实在单薄，到后来连我都觉得有点无聊，没有意思反攻了，因为我后来看出了敌军在演"空城计"。那时候我的敌军是专事于吹擂，不务于招兵练将的，攻击我的文章当然很多，然而一看就知道都是化名，骂来骂去都是同样的几句话。我那时就等待有一个能操马克斯主义批评的枪法的人来狙击我的，然而他终于没有出现。在我倒是一向就注意新的青年战士底养成的,曾经弄过好几个文学团体[11],不过效果也很小。但我们今后却必须注意这点。

我们急于要造出大群的新的战士,但同时,在文学战线上的人还要"韧"。所谓韧,就是不要像前清做八股文的"敲门砖"似的办法。前清的八股文[12],原是"进学"[13]做官的工具,只要能做"起承转合",借以进了"秀才举人",便可丢掉八股文,一生中再也用不到它了,所以叫做"敲门砖",犹之用一块砖敲门,门一敲进,砖就可抛弃了,不必再将它带在身边。这种办法,直到现在,也还有许多人在使用,我们常常看见有些人出了一二本诗集或小说集以后,他们便永远不见了,到那里去了呢?是因为出了一本或二本书,有了一点小名或大名,得到了教授或别的什么位置,功成名遂,不必再写诗写小说了,所以永远不见了。这样,所以在中国无论文学或科学都没有东西,然而在我们是要有东西的,因为这于我们有用。(卢那卡尔斯基是甚至主张保存俄国的农民美术[14],因为可以造出来卖给外国人,在经济上有帮助。我以为如果我们文学或科学上有东西拿得出去给别人,则甚至于脱离帝国主义的压迫的政治运动上也有帮助。)但要在文化上有成绩,则非韧不可。

最后,我以为联合战线是以有共同目的为必要条件的。我记得好像曾听到过这样一句话:"反动派且已经有联合战线了,而我们还没有团结起来!"其实他们也并未有有意的联合战线,只因为他们的目的相同,所以行动就一致,在我们看来就好像联合战线。而我们战线不能统一,就证明我们的目的不能一致,或者只为了小团体,或者还其实只为了个人,如果目的都在工农大众,那当然战线也就统一了。

\*　　\*　　\*

〔1〕 本篇最初发表于 1930 年 4 月 1 日《萌芽月刊》第一卷第四期。

〔2〕 左翼作家联盟　即中国左翼作家联盟(简称"左联"),中国共产党领导下的革命文学团体。1930 年 3 月在上海成立(并先后在北平、天津等地及日本东京设立分会),领导成员有鲁迅、夏衍、冯雪峰、冯乃超、周扬等。"左联"的成立,标志着中国革命文学发展的一个新阶段。它曾有组织有计划地致力于马克思主义文艺理论的宣传和研究,批评各种错误的文艺思想,提倡革命文学创作,进行文艺大众化的探讨,培养了一批革命文艺工作者,促进了革命文学运动的发展。它在国民党统治区内领导革命文学工作者和进步作家,对国民党的文化"围剿"进行了英勇顽强的斗争,在粉碎这种"围剿"中起了重大的作用。但由于受到当时党内"左"倾路线的影响,"左联"的一些领导人在工作中有过教条主义和宗派主义的倾向,对此,鲁迅曾进行过原则性的批评。他在"左联"成立大会上的这个讲话,是当时左翼文艺运动有重要意义的文件。"左联"由于受国民党政府的白色恐怖的摧残压迫,也由于领导工作中宗派主义的影响,始终是一个比较狭小的团体。1935 年底,为了适应抗日救亡运动的新形势,"左联"自行解散。

〔3〕 墨索里尼(B. Mussolini, 1883—1945)　意大利的独裁者和法西斯党党魁,第二次世界大战的罪魁之一。

〔4〕 邓南遮(G. D'Annunzio, 1863—1938)　意大利唯美主义作家。著有长篇小说《死的胜利》等。晚年成为民族主义者,深受墨索里

尼的宠爱,获得"亲王"称号;墨索里尼还曾悬赏征求他的传记(见1930年3月《萌芽月刊》第一卷第三期《国内外文坛消息》)。

〔5〕 叶遂宁(С. А. Есенин,1895—1925) 通译叶赛宁,苏联诗人。他以描写宗法制度下农村田园生活的抒情诗著称,作品多流露忧郁情调,曾参加意象派文学团体。十月革命时向往革命,写过一些赞扬革命的诗如《苏维埃俄罗斯》等,但革命后陷入苦闷,终于自杀。这里所引的诗句,分别见于他在1918年所作的《天上的鼓手》和《约旦河上的鸽子》。

〔6〕 毕力涅克(Б. А. Пильняк,1894—1937) 通译皮利尼亚克,又译皮涅克,苏联革命初期的"同路人"作家。1929年,他在国外白俄报刊上发表长篇小说《红木》,因歪曲苏维埃现实而受到批评。爱伦堡(И. Т. Зренбург,1891—1967)苏联作家。1910年开始文学活动,十月革命后参加苏维埃政府工作。二十年代的小说分析和批判资本主义社会,也反映出自身矛盾复杂的心态,流露出对革命的怀疑和动摇的情绪,曾受到文艺界的批评。三十代后写有反映苏联社会主义建设和表现反法西斯主题的作品。代表作有小说《巴黎的陷落》、《暴风雨》、《九级浪》等。

〔7〕 "南社" 文学团体,1909年由柳亚子等人发起,成立于苏州,盛时有社员千余人。他们以诗文鼓吹反清革命。辛亥革命后发生分化,有的附和袁世凯,有的加入安福系、研究系等政客团体,只有少数人坚持进步立场。1923年解体。该社编印不定期刊《南社》,发表社员所作诗文,共出二十二集。

〔8〕 "汉官威仪" 指汉代叔孙通等人所制定的礼仪制度。《后汉书·光武帝纪》记载:王莽篡位失败被杀后,司隶校尉刘秀(即后来的汉光武帝)带着僚属到长安,当地吏士"及见司隶僚属,皆欢喜不自胜。老吏或垂涕曰:'不图今日复见汉官威仪'"。

57

〔9〕 海涅（H. Heine，1797—1856） 德国诗人，著有长诗《德国——一个冬天的童话》等。这里的引述，见海涅诗集《还乡记》第六十六首："我梦见我自己做了上帝，昂然地高坐在天堂，天使们环绕在我身旁，不绝地称赞着我的诗章。我在吃糕饼、糖果，喝着酒，和天使们一起欢宴，我享受着这些珍品，却无须破费一个小钱……。"

〔10〕 几种杂志 指当时出版的《萌芽月刊》、《拓荒者》、《大众文艺》、《文艺研究》等。

〔11〕 几个文学团体 指莽原社、未名社、朝花社等。

〔12〕 八股文 明、清科举考试制度所规定的一种公式化文体，每篇分破题、承题、起讲、入手、起股、中股、后股、束股八部分，后四部分是主体，每部分有两股相比偶的文字，合共八股，所以叫"八股文"。下文所说的"起承转合"，指做八股文的一种公式，即所谓"起要平起，承要舂（从）容，转要变化，合要渊永"。

〔13〕 "进学" 按明、清科举制度，童生经过县考初试，府考复试，再参加由学政主持的院考（道考），考取的列名府、县学，叫"进学"，也就成为"秀才"。

〔14〕 关于卢那察尔斯基主张保存俄国农民美术的观点，见鲁迅翻译的卢那察尔斯基论文集《文艺与批评》中的《苏维埃国家与艺术》。

# 我们要批评家[1]

看大概的情形(我们这里得不到确凿的统计),从去年以来,挂着"革命的"的招牌的创作小说的读者已经减少,出版界的趋势,已在转向社会科学了。这不能不说是好现象。最初,青年的读者迷于广告式批评的符咒,以为读了"革命的"创作,便有出路,自己和社会,都可以得救,于是随手拈来,大口吞下,不料许多许多是并不是滋养品,是新袋子里的酸酒,红纸包里的烂肉,那结果,是吃得胸口痒痒的,好像要呕吐。

得了这一种苦楚的教训之后,转而去求医于根本的,切实的社会科学,自然,是一个正当的前进。

然而,大部分是因为市场的需要,社会科学的译著又蜂起云涌了,较为可看的和很要不得的都杂陈在书摊上,开始寻求正确的知识的读者们已经在惶惑。然而新的批评家不开口,类似批评家之流便趁势一笔抹杀:"阿狗阿猫"[2]。

到这里,我们所需要的,就只得还是几个坚实的,明白的,真懂得社会科学及其文艺理论的批评家。

批评家的发生,在中国已经好久了。每一个文学团体中,大抵总有一套文学的人物。至少,是一个诗人,一个小说家,还有一个尽职于宣传本团体的光荣和功绩的批评家。这些团体,都说是志在改革,向旧的堡垒取攻势的,然而还在中途,就在旧的堡垒之下纷纷自己扭打起来,扭得大家乏力了,这才放开了手,因为不过是"扭"而已矣,所以大创是没有的,仅仅喘着气。一面喘着气,一面各自以为胜利,唱着凯歌。旧堡垒上简直无须守兵,只要袖手俯首,看这些新的敌人自己所唱的喜剧就够。他无声,但他胜利了。

这两年中,虽然没有极出色的创作,然而据我所见,印成本子的,如李守章的《跋涉的人们》[3],台静农的《地之子》[4],叶永蓁的《小小十年》前半部,柔石的《二月》及《旧时代之死》[5],魏金枝的《七封信的自传》[6],刘一梦的《失业以后》[7],总还是优秀之作。可惜我们的有名的批评家,梁实秋先生还在和陈西滢相呼应,这里可以不提;成仿吾先生是怀念了创造社过去的光荣之后,摇身一变而成为"石厚生",接着又流星似的消失了;钱杏邨先生近来又只在《拓荒者》上,搀着藏原惟人,一段又一段的,在和茅盾扭结[8]。每一个文学团体以外的作品,在这样忙碌或萧闲的战场,便都被"打发"或默杀了。

这回的读书界的趋向社会科学,是一个好的,正当的转机,不惟有益于别方面,即对于文艺,也可催促它向正确,前进的路。但在出品的杂乱和旁观者的冷笑中,是极容易雕谢的,所以现在所首先需要的,也还是——

几个坚实的,明白的,真懂得社会科学及其文艺理论的批评家。

※　　※　　※

〔1〕 本篇最初发表于1930年4月1日《萌芽月刊》第一卷第四期。

〔2〕 "阿狗阿猫" 参看本书第38页注〔58〕。

〔3〕 李守章（1905—1993） 字俊民，江苏南通人。《跋涉的人们》收短篇小说四篇，1929年北新书局出版。

〔4〕 台静农（1902—1990） 安徽霍丘人，作家，未名社成员。《地之子》收短篇小说十四篇，1928年未名社出版。

〔5〕 柔石（1902—1931） 参看本书《柔石小传》及其有关注。

〔6〕 魏金枝（1900—1972） 浙江嵊县（今嵊州）人，作家。《七封信的自传》，收短篇小说六篇，1928年上海人间书店出版，原题为《七封书信的自传》。

〔7〕 刘一梦（？—1931） 原名刘增容，山东沂水人。曾任共青团山东省委书记，《济南日报》副刊《晓风》周刊主笔，后被韩复榘杀害。《失业以后》收短篇小说八篇，1929年上海春野书店出版。

〔8〕 这里说的钱杏邨"和茅盾扭结"，指钱杏邨在《拓荒者》第一期《中国新兴文学中的几个具体的问题》中，反复引证藏原惟人的《再论普罗列塔利亚写实主义》、《普罗列塔利亚艺术的内容与形式》等文，来评论茅盾的作品和反对茅盾《从牯岭到东京》一文中的见解。

# "好政府主义"[1]

梁实秋先生这回在《新月》的"零星"上,也赞成"不满于现状"[2]了,但他以为"现在有智识的人(尤其是夙来有'前驱者''权威''先进'的徽号的人),他们的责任不仅仅是冷讥热嘲地发表一点'不满于现状'的杂感而已,他们应该更进一步的诚诚恳恳地去求一个积极医治'现状'的药方"。

为什么呢?因为有病就须下药,"三民主义[3]是一副药,——梁先生说,——共产主义也是一副药,国家主义[4]也是一副药,无政府主义[5]也是一副药,好政府主义也是一副药",现在你"把所有的药方都褒贬得一文不值,都挖苦得不留余地,……这可是什么心理呢?"

这种心理,实在是应该责难的。但在实际上,我却还未曾见过这样的杂感,譬如说,同一作者,而以为三民主义者是违背了英美的自由,共产主义者又收受了俄国的卢布,国家主义太狭,无政府主义又太空……。所以梁先生的"零星",是将他所见的杂感的罪状夸大了。

其实是,指摘一种主义的理由的缺点,或因此而生的弊病,虽是并非某一主义者,原也无所不可的。有如被压榨得痛了,就要叫喊,原不必在想出更好的主义之前,就定要咬住牙关。但自然,能有更好的主张,便更成一个样子。

不过我以为梁先生所谦逊地放在末尾的"好政府主义",却还得更谦逊地放在例外的,因为自三民主义以至无政府主义,无论它性质的寒温如何,所开的究竟还是药名,如石膏,肉桂之类,——至于服后的利弊,那是另一个问题。独有"好政府主义"这"一副药",他在药方上所开的却不是药名,而是"好药料"三个大字,以及一些唠唠叨叨的名医架子的"主张"。不错,谁也不能说医病应该用坏药料,但这张药方,是不必医生才配摇头,谁也会将他褒贬得一文不值("褒"是"称赞"之意,用在这里,不但"不通",也证明了不识"褒"字,但这是梁先生的原文,所以姑仍其旧)的。

倘这医生羞恼成怒,喝道"你嘲笑我的好药料主义,就开出你的药方来!"那就更是大可笑的"现状"之一,即使并不根据什么主义,也会生出杂感来的。杂感之无穷无尽,正因为这样的"现状"太多的缘故。

一九三〇,四,十七。

\*　　　\*　　　\*

〔1〕 本篇最初发表于1930年5月《萌芽月刊》第一卷第五期。
"好政府主义",参看本书第42页注〔5〕。

〔2〕 这里所说的"不满于现状"和以下所引的梁实秋的话,都见于《新月》第二卷第八期(1929年10月)《"不满于现状",便怎样呢?》一文。

〔3〕 三民主义　孙中山为中国资产阶级民主革命提出的原则和纲领,即民族主义、民权主义、民生主义。1924年孙中山在中国共产

党帮助下,改组国民党,确定了联俄、联共、扶助农工的三大政策,重新解释三民主义,即新三民主义。蒋介石叛变革命后,背叛了三大政策,三民主义学说也被篡改。

〔4〕 国家主义 十九世纪开始在欧洲流行的一种资产阶级民族主义思想。它抹杀国家的阶级本质,以"国家至上"的口号欺骗人民服从统治阶级的利益;宣传"民族优越论",鼓吹扩张主义,并用"保卫祖国"的名义鼓动侵略战争。中国的国家主义派在1923年成立"中国国家主义青年团",后改为"中国青年党"。1924年创办《醒狮周报》,故又称"醒狮派"。主要代表人物有曾琦、李璜、左舜生、陈启天等。

〔5〕 无政府主义 十九世纪上半期开始流行的一种小资产阶级思潮。主张个人"绝对自由",认为一切权力是"屠杀人类智慧与心灵"的罪恶,国家是产生罪恶的根源,反对一切权威和任何形式的国家。主要代表人物有施蒂纳、蒲鲁东、巴枯宁、克鲁泡特金等。"五四"前后,中国的无政府主义者曾组织"民声社"、"进化社"等小团体,出版刊物和小册子宣扬这种思想。

# "丧家的""资本家的乏走狗"[1]

梁实秋先生为了《拓荒者》上称他为"资本家的走狗"[2],就做了一篇自云"我不生气"[3]的文章。先据《拓荒者》第二期第六七二页上的定义[4],"觉得我自己便有点像是无产阶级里的一个"之后,再下"走狗"的定义,为"大凡做走狗的都是想讨主子的欢心因而得到一点恩惠",于是又因而发生疑问道——

"《拓荒者》说我是资本家的走狗,是那一个资本家,还是所有的资本家?我还不知道我的主子是谁,我若知道,我一定要带着几分杂志去到主子面前表功,或者还许得到几个金镑或卢布的赏赉呢。……我只知道不断的劳动下去,便可以赚到钱来维持生计,至于如何可以做走狗,如何可以到资本家的帐房去领金镑,如何可以到××党去领卢布,这一套本领,我可怎么能知道呢?……"

这正是"资本家的走狗"的活写真。凡走狗,虽或为一个资本家所豢养,其实是属于所有的资本家的,所以它遇见所有的阔人都驯良,遇见所有的穷人都狂吠。不知道谁是它的主子,正是它遇见所有阔人都驯良的原因,也就是属于所有的资本家的证据。即使无人豢养,饿的精瘦,变成野狗了,但还是遇见所有的阔人都驯良,遇见所有的穷人都狂吠的,不过这时它就愈不明白谁是主子了。

梁先生既然自叙他怎样辛苦,好像"无产阶级"(即梁先生先前之所谓"劣败者"),又不知道"主子是谁",那是属于后一类的了,为确当计,还得添几个字,称为"丧家的""资本家的走狗"。

然而这名目还有些缺点。梁先生究竟是有智识的教授,所以和平常的不同。他终于不讲"文学是有阶级性的吗?"了,在《答鲁迅先生》[5]那一篇里,很巧妙地插进电杆上写"武装保护苏联",敲碎报馆玻璃那些句子去,在上文所引的一段里又写出"到××党去领卢布"字样来,那故意暗藏的两个×,是令人立刻可以悟出的"共产"这两字,指示着凡主张"文学有阶级性",得罪了梁先生的人,都是在做"拥护苏联",或"去领卢布"的勾当,和段祺瑞的卫兵枪杀学生[6],《晨报》[7]却道学生为了几个卢布送命,自由大同盟[8]上有我的名字,《革命日报》[9]的通信上便说为"金光灿烂的卢布所买收",都是同一手段。在梁先生,也许以为给主子嗅出匪类("学匪"[10]),也就是一种"批评",然而这职业,比起"刽子手"来,也就更加下贱了。

我还记得,"国共合作"时代,通信和演说,称赞苏联,是极时髦的,现在可不同了,报章所载,则电杆上写字和"××党",捕房正在捉得非常起劲,那么,为将自己的论敌指为"拥护苏联"或"××党",自然也就髦得合时,或者还许会得到主子的"一点恩惠"了。但倘说梁先生意在要得"恩惠"或"金镑",是冤枉的,决没有这回事,不过想借此助一臂之力,以济其"文艺批评"之穷罢了。所以从"文艺批评"方面看来,就还得在"走狗"之上,加上一个形容字:"乏"。

一九三〇,四,一九。

\* \* \*

〔1〕 本篇最初发表于1930年5月1日《萌芽月刊》第一卷第五期。

〔2〕 指《拓荒者》第二期(1930年2月)刊载的冯乃超《文艺理论讲座(第二回)·阶级社会的艺术》,它批驳梁实秋的《文学是有阶级性的吗?》一文中的某些观点,其中说:"无产阶级既然从其斗争经验中已经意识到自己阶级的存在,更进一步意识其历史的使命。然而,梁实秋却来说教——所谓'正当的生活斗争手段'。'一个无产者假如他是有出息的,只消辛辛苦苦诚诚实实的工作一生(!),多少必定可以得到相当的资产。'那末,这样一来,资本家更能够安稳的加紧其榨取的手段,天下便太平。对于这样的说教人,我们要送'资本家的走狗'这样的称号的。"

〔3〕 梁实秋所说的"我不生气"以及本篇所引用的他的话,都见于1929年11月《新月》第二卷第九期(按实际出版日期当在1930年2月以后)《"资本家的走狗"》一文。

〔4〕 这里所说的定义,指冯乃超在《阶级社会的艺术》一文中所引恩格斯关于无产阶级的定义:"无产者——普罗列塔利亚(Proletarier)是什么呢?它是'除开出卖其劳动以外,完全没有方法维持其生计的,又因此又不倚赖任何种类资本的利润之社会阶级。……总之,普罗列塔利亚——普罗列塔利亚底阶级就是十九世纪的(现在也是的)劳动阶级(Proletariat)'。(恩格斯)"这段话出自恩格斯的《共产

主义原理》,现译为:"第二个问题:什么是无产阶级?答:无产阶级是完全靠出卖自己的劳动而不是靠某一种资本的利润来获得生活资料的社会阶级。……一句话,无产阶级或无产者阶级就是十九世纪的劳动阶级。"

〔5〕 《答鲁迅先生》 见于《新月》第二卷第九期。梁实秋在文中说:"讲我自己罢,革命我是不敢乱来的,在电灯杆子上写'武装保护苏联'我是不干的,到报馆门前敲碎一两块值五六百元的大块玻璃我也是不干的,现时我只能看看书写写文章。"

〔6〕 指三一八惨案。1926年3月18日,北京爱国学生和群众为反对日本等帝国主义国家侵犯中国主权,到段祺瑞执政府门前请愿,段命令卫队开枪射击,死四十七人,伤二百多人。

〔7〕 《晨报》 梁启超、汤化龙等组织的政治团体研究系的机关报。1918年12月在北京创刊,1928年6月停刊。

〔8〕 自由大同盟 中国自由运动大同盟的简称。中国共产党支持和领导下的群众团体,1930年2月成立于上海。宗旨是争取言论、出版、集会、结社等自由,反对国民党的独裁统治。鲁迅是它的发起人之一。

〔9〕 《革命日报》 国民党内汪精卫改组派的报纸,1929年底在上海创刊。

〔10〕 "学匪" 1925年12月30日国家主义派刊物《国魂》旬刊第九期载有姜华的《学匪与学阀》一文,咒骂在北京女师大风潮中支持进步学生的鲁迅、马裕藻等人为"学匪"。当时的现代评论派也对鲁迅等进行过这类攻击。

# 《进化和退化》小引[1]

　　这是译者从十年来所译的将近百篇的文字中,选出不很专门,大家可看之作,集在一处,希望流传较广的本子。一,以见最近的进化学说的情形,二,以见中国人将来的运命。

　　进化学说之于中国,输入是颇早的,远在严复[2]的译述赫胥黎[3]《天演论》。但终于也不过留下一个空泛的名词,欧洲大战时代,又大为论客所误解,到了现在,连名目也奄奄一息了。其间学说几经迁流,兑佛黎斯[4]的突变说兴而又衰,兰麻克[5]的环境说废而复振,我们生息于自然中,而于此等自然大法的研究,大抵未尝加意。此书首尾的各两篇,即由新兰麻克主义[6]立论,可以窥见大概,略弥缺憾的。

　　但最要紧的是末两篇[7]。沙漠之逐渐南徙,营养之已难支持,都是中国人极重要,极切身的问题,倘不解决,所得的将是一个灭亡的结局。可以解中国古史难以探索的原因,可以破中国人最能耐苦的谬说,还不过是副次的收获罢了。林木伐尽,水泽湮枯,将来的一滴水,将和血液等价,倘这事能为现在和将来的青年所记忆,那么,这书所得的酬报,也就非常之大了。

　　然而自然科学的范围,所说就到这里为止,那给与的解答,也只是治水和造林。这是一看好像极简单,容易的事,其实却并不如此的。我可以引史沫得列[8]女士在《中国乡村生活断片》中的两段话作证——

"她（使女）说，明天她要到南苑[9]去运动狱吏释放她的亲属。这人，同六十个别的乡人，男女都有，在三月以前被捕和收监，因为当别的生活资料都没有了以后，他们曾经砍过树枝或剥过树皮。他们这样做，并非出于捣乱，只因为他们可以卖掉木头来买粮食。

"……南苑的人民，没有收成，没有粮食，没有工做，就让有这两亩田又有什么用处？……一遇到些少的扰乱，就把整千的人投到灾民的队伍里去。……南苑在那时（军阀混战时）除了树木之外什么都没有了，当乡民一对着树木动手的时候，警察就把他们捉住并且监禁起来。"（《萌芽月刊》五期一七七页）。

所以这样的树木保护法，结果是增加剥树皮，掘草根的人民，反而促进沙漠的出现。但这书以自然科学为范围，所以没有顾及了。接着这自然科学所论的事实之后，更进一步地来加以解决的，则有社会科学在。

一九三〇年五月五日。

\*　　\*　　\*

〔1〕《进化和退化》　周建人辑译，收关于生物科学的文章八篇，1930年7月上海光华书局出版。本篇最初即印入该书。

〔2〕严复（1854—1921）　字又陵，又字几道，福建闽侯（今属福州）人，清末启蒙思想家、翻译家。1895年他译述赫胥黎的《进化论与

伦理学及其他论文》的前两篇,于 1898 年以《天演论》为题出版。后来还译有英国亚当·斯密的《原富》、法国孟德斯鸠的《法意》等书,对当时中国思想界起过较大的影响。

〔3〕 赫胥黎(T. H. Huxley,1825—1895) 英国生物学家,达尔文学说的积极支持者和宣传者。主要著作有《人类在自然界中的位置》、《动物学分类导论》和《进化论与伦理学》等。

〔4〕 兑佛黎斯(H. De Vries,1848—1935) 通译德佛里斯,荷兰植物学家、遗传学家。他根据月见草的遗传试验结果,于 1911 年发表突变学说,认为生物的进化起因于突变。

〔5〕 兰麻克(J. B. Lamarck,1744—1829) 通译拉马克,法国生物学家,生物进化论的先驱者。1809 年他在《动物学哲学》一书中提出"直接顺应说"(即"环境说"),认为生物进化的主要原因是由于受环境的直接影响,器官用进废退,而后天获得的性状可以遗传。它有力地反对了宗教的"神造论"和"物种不变论",在科学上为达尔文学说的创立准备了条件。

〔6〕 新兰麻克主义 通译新拉马克主义,十九世纪末兴起的进化学说之一,由英国哲学家斯宾塞(1820—1903)等人提出。它认为变异是定向的,生物通过获得性状的遗传而进化,否认自然选择在生物进化过程中的重要作用。

〔7〕 末两篇 指匈牙利英吉兰兑尔(A. L. Englaender)作《沙漠的起源,长大,及其侵入华北》;美国亚道尔夫(W. H. Adolph)作《中国营养和代谢作用的情形》。

〔8〕 史沫得列(A. Smedley,1890—1950) 通译史沫特莱,美国女作家、记者。当时她是德国《佛兰克福日报》驻华记者,美国《新群众》杂志的特约撰稿人,旅居上海,和鲁迅有较密切的交往。著有自传

体长篇小说《大地的女儿》、介绍朱德革命经历的报告文学《伟大的道路》和二战纪实文学《中国的战歌》等。

〔9〕 南苑 北京南郊的地名。元代以后,曾为历代封建帝王的游猎场所。

# 《艺术论》译本序[1]

## 一

蒲力汗诺夫（George Valentinovitch Plekhanov）以一八五七年,生于坦木幡夫省的一个贵族的家里。自他出世以至成年之间,在俄国革命运动史上,正是智识阶级所提倡的民众主义[2]自兴盛以至凋落的时候。他们当初的意见,以为俄国的民众,即大多数的农民,是已经领会了社会主义,在精神上,成着不自觉的社会主义者的,所以民众主义者的使命,只在"到民间去",向他们说明那境遇,善导他们对于地主和官吏的嫌憎,则农民便将自行蹶起,实现自由的自治制,即无政府主义底社会的组织。

但农民却几乎并不倾听民众主义者的鼓动,倒是对于这些进步的贵族的子弟,怀抱着不满。皇帝亚历山大二世[3]的政府,则于他们临以严峻的刑罚,终使其中的一部分,将眼光从农民离开,来效法西欧先进国,为有产者所享有的一切权利而争斗了。于是从"土地与自由党"分裂为"民意党"[4],从事于政治底斗争,但那手段,却非一般底社会运动,而是单独和政府相斗争,尽全力于恐怖手段——暗杀。

青年的蒲力汗诺夫,也大概在这样的社会思潮之下,开始他革命底活动的。但当分裂时,尚复固守农民社会主义的根本底见解,反对恐怖主义,反对获得政治底公民底自由,别组"均田党"[5],惟属望于农民的叛乱。然而他已怀独见,以为智识阶级独斗政府,革命殊难于成功,农民固多社会主义底倾向,而劳动者亦殊重要。他在那《革命运动上的俄罗斯工人》中说,工人者,是偶然来到都会,现于工厂的农民。要输社会主义入农村中,这农民工人便是最适宜的媒介者。因为农民相信他们工人的话,是在智识阶级之上的。

事实也并不很远于他的豫料。一八八一年恐怖主义者竭全力所实行的亚历山大二世的暗杀,民众未尝蹶起,公民也不得自由,结果是有力的指导者或死或囚,"民意党"殆濒于消灭。连不属此党而倾向工人的社会主义的蒲力汗诺夫等,也终被政府所压迫,不得不逃亡国外了。

他在这时候,遂和西欧的劳动运动相亲,遂开始研究马克斯的著作。

马克斯之名,俄国是早经知道的;《资本论》第一卷,也比别国早有译本[6];许多"民意党"的人们,还和他个人底地相知,通信。然而他们所竭尽尊敬的马克斯的思想,在他们却仅是纯粹的"理论",以为和俄国的现实不相合,和俄人并无关系的东西,因为在俄国没有资本主义,俄国的社会主义,将不发生于工厂而出于农村的缘故。但蒲力汗诺夫是当回忆在彼得堡的劳动运动之际,就发生了关于农村的疑惑的,由原书而精通马克斯主义文献,又增加了这疑惑。他于是搜集当时所有的统计底材料,用真正的马克斯主义底方法,来研究它,终至确信了资本主义实在君临着俄国。一八八四年,他发表叫作《我们的对立》[7]的书,就是指摘民众主义的错误,证明马克斯主义的正当的名作。他在这书里,即指示着作为大众的农民,现今已不能作社会主义的支柱。在俄国,那时都会工业正在发达,资本主义制度已在形成了。必然底地随此而起者,是资本主义之敌,就是绝灭资本主义的无产者。所以在俄国也如在西欧一样,无产者是对于政治底改造的最有意味的阶级。从那境遇上说,对于坚执而有组织的革命,已比别的阶级有更大的才能,而且作为将来的俄国革命的射击兵,也是最为适当的阶级。

自此以来,蒲力汗诺夫不但本身成了伟大的思想家,并且也作了俄国的马克斯主义者的先驱和觉醒了的劳动者的教师和指导者了。

## 二

但蒲力汗诺夫对于无产阶级的殊勋,最多是在所发表的理论的文字,他本身的政治底意见,却不免常有动摇的。

一八八九年,社会主义者开第一次国际会议于巴黎,蒲力汗诺夫在会上说,"俄国的革命运动,只有靠着劳动者的运动才能胜利,此外并无解决之道"的时候,是连欧洲有名的许多社会主义者们,也完全反对这话的;但不久,他的业绩显现出来了。文字方面,则有《历史上的一元底观察的发展》[8](或简称《史底一元论》),出版于一八九五年,从哲学底领域方面，和民众主义者战斗，以拥护唯物论，而马克斯主义的全时代，也就受教于此，借此理解战斗底唯物论的根基。后来的学者，自然也尝加以指摘的批评，但什维诺夫却说，"倒不如将这大可注目的书籍，向新时代的人们来说明，来讲解，实为更好的工作"云。次年，在事实方面，则因他的弟子们和民众主义者斗争的结果，终使纺纱厂的劳动者三万人的大同盟罢工，勃发于彼得堡，给俄国的历史划了新时期，俄国无产阶级的革命底价值，始为大家所认识，那时开在伦敦的社会主义者的第四次国际会议，也对此大加惊叹，欢迎了。

然而蒲力汗诺夫究竟是理论家。十九世纪末，列宁才开始活动，也比他年青，而两个人之间，就自然而然地行了未尝商量的分业。他所擅长的是理论方面，对于敌人，便担当了哲学底论战。列宁却从最先的著作以来，即专心于社会政治底问题，党和劳动阶级的组织的。他们这时的以辅车相依[9]的形态，所编辑发行的报章，是 Iskra（《火花》）[10]，撰者们中，虽然颇有不纯的分子，但在当时，却尽了重大的职务，使劳动者和革命者的或一层因此而奋起，使民众主义派智识者发生了动摇。

尤其重要的是那文字底和实际的活动。当时（一九〇〇年至一九〇一年），革命家是都惯于藏身在自己的小圈子中，不明白全国底展望的，他们不悟到靠着全国底展望，才能有所达成，也没有准确的计算，也不想到须用多大的势力，才能得怎样的成果。在这样的时代，要试行中央集权底党，统一全无产阶级的全俄底政治组织的观念，是新异而且难行的。《火花》却不独在论说上申明这观念,还组织了"火花"的团体,有当时铮铮的革命家一百人至一百五十人的"火花"派,加在这团体中,以实行蒲力汗诺夫在报章上用文字底形式所展开的计划。

但到一九〇三年,俄国的马克斯主义者分裂为布尔塞维克(多数派)和门塞维克(少数派)[11]了,列宁是前者的指导者,蒲力汗诺夫则是后者。从此两人即时离时合,如一九〇四年日俄战争[12]时的希望俄皇战败,一九〇七至一九〇九年的党的受难时代,他皆和列宁同心。尤其是后一时,布尔塞维克的势力的大部分,已经不得不逃亡国外,到处是堕落,到处有奸细,大家互相注目,互相害怕,互相猜疑了。在文学上,则淫荡文学盛行,《赛宁》[13]即在这时出现。这情绪且侵入一切革命底圈子中。党员四散,化为个个小团体,门塞维克的取消派[14],已经给布尔塞维克唱起挽歌来了。这时大声叱咤,说取消派主义应该击破,以支持布尔塞维克的,却是身为门塞维克的权威的蒲力汗诺夫,且在各种报章上,国会中,加以勇敢的援助。于是门塞维克的别派,便嘲笑"他垂老而成了地下室的歌人"了。

企图革命的复兴,从新组织的报章,是一九一〇年开始印行的 Zvezda(《星》)[15],蒲力汗诺夫和列宁,都从国外投稿,所以是两派合作的机关报,势不能十分明示政治上的方针。但当这报章和政治运动关系加紧之际,就渐渐失去提携的性质,蒲力汗诺夫的一派终于完全匿迹,报章尽成为布尔塞维克的战斗底机关了。一九一二年两派又合办日报 Pravda(《真理》)[16]，而当事件展开时，蒲力汗诺夫派又于极短时期中悉被排除，和在 Zvezda 那时走了同一的运道。

殆欧洲大战起，蒲力汗诺夫遂以德意志帝国主义为欧洲文明和劳动阶级的最危险的仇敌，和第二国际的指导者们一样，站在爱国的见地上，为了和最可憎恶的德国战斗，竟不惜和本国的资产阶级和政府相提携，相妥协了。一九一七年二月革命后，他回到本国，组织了一个社会主义底爱国者的团体，曰"协同"[17]。然而在俄国的无产阶级之父蒲力汗诺夫的革命底感觉，这时已经没有了打动俄国劳动者的力量，布勒斯特的媾和[18]后，他几乎全为劳农俄国所忘却，终在一九一八年五月三十日，孤独地死于那时正被德军所占领的芬兰了。相传他临终的谵语中，曾有疑问云："劳动者阶级可觉察着我的活动呢？"

## 三

他死后，Inprekol[19]（第八年第五十四号）上有一篇《G. V. 蒲力汗诺夫和无产阶级运动》，简括地评论了他一生的功过——

"……其实，蒲力汗诺夫是应该怀这样的疑问的。为什么呢？因为年少的劳动者阶级，对他所知道的，是作为爱国社会主义者，作为门塞维克党员，作为帝国主义的追随者，作为主张革命底劳动者和在俄国的资产阶级的指导者密柳珂夫[20]互相妥协的人。因为劳动者阶级的路和蒲力汗诺夫的路,是决然地离开的了。

然而,我们毫不迟疑,将蒲力汗诺夫算进俄国劳动者阶级的,不,国际劳动者阶级的最大的恩师们里面去。

怎么可以这样说呢？当决定底的阶级战的时候,蒲力汗诺夫不是在防线的那面的么？是的,确是如此。然而他在这些决定战的很以前的活动,他的理论上的诸劳作,在蒲力汗诺夫的遗产中,是成着贵重的东西的。

惟为了正确的阶级底世界观而战的斗争,在阶级战的诸形态中,是最为重要的之一。蒲力汗诺夫由那理论上的诸劳作,亘几世代,养成了许多劳动者革命家们。他又借此在俄国劳动者阶级的政治底自主上,尽了出色的职务。

蒲力汗诺夫的伟大的功绩,首先,是对于民意党,即在前世纪的七十年代,相信着俄国的发达,是走着一种特别的,就是,非资本主义底的路的那些智识阶级的一伙的他的斗争。那七十年代以后的数十年中,在俄国的资本主义的堂堂的发展情形,是怎样地显示了民意党人中的见解之误,而蒲力汗诺夫的见解之对呵。

一八八四年由蒲力汗诺夫所编成的'以劳动解放为目的'的团体(劳动者解放团[21])的纲领,正是在俄国的劳动者党的最初的宣言,而且也是对于一八七八年至七九年劳动者之动摇的直接的解答。

他说着——

'惟有竭力迅速地形成一个劳动者党,在解决现今在俄国的经济底的,以及政治底的一切的矛盾上,是惟一的手段。'

一八八九年,蒲力汗诺夫在开在巴黎的国际社会主义党大会上,说道——

'在俄国的革命底运动,只有靠着革命底劳动者运动,才能得到胜利。我们此外并无解决之道,且也不会有的。'

这,蒲力汗诺夫的有名的话,决不是偶然的。蒲力汗诺夫以那伟大的天才,拥护这在市民底民众主义的革命中的无产阶级的主权,至数十年之久,而同时也发表了自由主义底有产者在和帝制的斗争中,竟懦怯地成为奸细,化为游移之至的东西的思想了。

蒲力汗诺夫和列宁一同,是《火花》的创办指导者。关于为了创立在俄国的政党底组织体而战的斗争,《火花》所尽的伟大的组织上的任务,是广大地为人们所知道的。

从一九〇三年至一九一七年的蒲力汗诺夫,生了几回大动摇,倒是总和革命底的马克斯主义违反,并且走向门塞维克去了。惹起他违反革命底的马克斯主义的诸问题,大抵是什么呢?

首先,是对于农民层的革命底的可能力的过少评价。蒲力汗诺夫在对于民意党人的有害方面的斗争中,竟看不见农民层的种种革命底的努力了。

其次,是国家的问题。他没有理解市民底民众主义的本质。就是他没有理解无论如何,有粉碎资产阶级的国家机关的必要。

最后,是他没有理解那作为资本主义的最后阶段的帝国主义的问题,以及帝国主义战争的性质的问题。

要而言之,——蒲力汗诺夫是于列宁的强处,有着弱处的。他不能成为'在帝国主义和无产阶级革命时代的马克斯主义者'。所以他之为马克斯主义者,也就全体到了收场。蒲力汗诺夫于是一步一步,如罗若·卢森堡[22]之所说,成为一个'可尊敬的化石'了。

在俄国的马克斯主义建设者蒲力汗诺夫,决不仅是马克斯和恩格斯的经济学,历史学,以及哲学的单单的媒介者。他涉及这些全领域,贡献了出色的独自的劳作。使俄国的劳动者和智识阶级,确实明白马克斯主义是人类思索的全史的最高的科学底完成,蒲力汗诺夫是与有力量的。惟蒲力汗诺夫的种种理论上的研究,在他的观念形态的遗产里,无疑地是最为贵重的东西。列宁曾经正当地常劝青年们去研究蒲力汗诺夫的书。——'倘不研究这个(蒲力汗诺夫的关于哲学的叙述),就谁也决不会是意识底的,真实的共产主义者的。因为这是在国际底的一切马克斯主义文献中,最为杰出之作的缘故。'[23]——列宁说。"

## 四

蒲力汗诺夫也给马克斯主义艺术理论放下了基础。他的艺术论虽然还未能俨然成一个体系,但所遗留的含有方法和成果的著作,却不只作为后人研究的对象,也不愧称为建立马克斯主义艺术理论,社会学底美学的古典底文献的了。

这里的三篇信札体的论文,便是他的这类著作的只鳞片甲。

第一篇《论艺术》首先提出"艺术是什么"的问题,补正了托尔斯泰的定义[24],将艺术的特质,断定为感情和思想的具体底形象底表现。于是进而申明艺术也是社会现象,所以观察之际,也必用唯物史观的立场,并于和这违异的唯心史观(St. Simon, Comte, Hegel[25])加以批评,而绍介又和这些相对的关于生物的美底趣味的达尔文的唯物论底见解。他在这里假设了反对者的主张由生物学来探美感的起源的提议,就引用达尔文本身的话,说明"美的概念,……在种种的人类种族中,很有种种,连在同一人种的各国民里,也会不同"。这意思,就是说,"在文明人,这样的感觉,是和各种复杂的观念以及思想的连锁结合着"。也就是说,"文明人的美的感觉,……分明是就为各种社会底原因所限定"了。

于是就须"从生物学到社会学去",须从达尔文的领域的那将人类作为"物种"的研究,到这物种的历史底运命的研究去。倘只就艺术而言,则是人类的美底感情的存在的可能性(种的概念),是被那为它移向现实的条件(历史底概念)所提高的。这条件，自然便是该社会的生产力的发展阶段。但蒲力汗诺夫在这里，却将这作为重要的艺术生产的问题，解明了生产力和生产关系的矛盾以及阶级间的矛盾，以怎样的形式，作用于艺术上；而站在该生产关系上的社会的艺术，又怎样地取了各别的形态，和别社会的艺术显出不同。就用了达尔文的"对立的根源的作用"这句话，博引例子，以说明社会底条件之关于与美底感情的形式；并及社会的生产技术和韵律，谐调，均整法则之相关；且又批评了近代法兰西艺术论的发展（Staël, Guizot, Taine[26]）。

生产技术和生活方法，最密接地反映于艺术现象上者，是在原始民族的时候。蒲力汗诺夫就想由解明这样的原始民族的艺术，来担当马克斯主义艺术论中的难题。第二篇《原始民族的艺术》先据人类学者，旅行家等实见之谈，从薄墟曼，韦陀，印地安[27]以及别的民族引了他们的生活，狩猎，农耕，分配财货这些事为例子，以证原始狩猎民族实为共产主义的结合，且以见毕海尔[28]所说之不足凭。第三篇《再论原始民族的艺术》则批判主张游戏本能，先于劳动的人们之误，且用丰富的实证和严正的论理，以究明有用对象的生产（劳动），先于艺术生产这一个唯物史观的根本底命题。详言之，即蒲力汗诺夫之所究明，是社会人之看事物和现象，最初是从功利底观点的，到后来才移到审美底观点去。在一切人类所以为美的东西，就是于他有用——于为了生存而和自然以及别的社会人生的斗争上有着意义的东西。功用由理性而被认识，但美则凭直感底能力而被认识。享乐着美的时候，虽然几乎并不想到功用，但可由科学底分析而被发现。所以美底享乐的特殊性，即在那直接性，然而美底愉乐的根柢里，倘不伏着功用,那事物也就不见得美了。并非人为美而存在,乃是美为人而存在的。——这结论,便是蒲力汗诺夫将唯心史观者所深恶痛绝的社会,种族,阶级的功利主义底见解,引入艺术里去了。

看第三篇的收梢,则蒲力汗诺夫豫备继此讨论的,是人种学上的旧式的分类,是否合于实际。但竟没有作,这里也只好就此算作完结了。

## 五

这书所据的本子,是日本外村史郎的译本。在先已有林柏修[29]先生的翻译,本也可以不必再译了,但因为丛书的目录早经决定,只得仍来做这一番很近徒劳的工夫。当翻译之际,也常常参考林译的书,采用了些比日译更好的名词,有时句法也大约受些影响,而且前车可鉴,使我屡免于误译,这是应当十分感谢的。

序言的四节中,除第三节全出于翻译外,其余是杂采什维诺夫的《露西亚社会民主劳动党史》,山内封介的《露西亚革命运动史》和《普罗列塔利亚艺术教程》余录中的《蒲力汗诺夫和艺术》而就的。临时急就,错误必所不免,只能算一个粗略的导言。至于最紧要的关于艺术全般,在此却未曾涉及者,因为在先已有瓦勒夫松的《蒲力汗诺夫与艺术问题》,附印在《苏俄的文艺论战》(《未名丛刊》[30]之一)之后,不久又将有列什涅夫《文艺批评论》和雅各武莱夫的《蒲力汗诺夫论》(皆是本丛书[31]之一)出版,或则简明,或则浩博,决非译者所能企及其万一,所以不如不说,希望读者自去研究他们的文章。

最末这一篇,是译自藏原惟人所译的《阶级社会的艺术》,曾在《春潮月刊》[32]上登载过的。其中有蒲力汗诺夫自叙对于文艺的见解,可作本书第一篇的互证,便也附在卷尾了。

但自省译文,这回也还是"硬译",能力只此,仍须读者伸指来寻线索,如读地图:这实在是非常抱歉的。

一九三〇年五月八日之夜,鲁迅校毕记于上海闸北寓庐。

\* \* \*

〔1〕 本篇最初发表于1930年6月1日《新地月刊》(即《萌芽月刊》第一卷第六期)。

《艺术论》包括普列汉诺夫的四篇论文:《论艺术》、《原始民族的艺术》、《再论原始民族的艺术》、《论文集〈二十年间〉第三版序》,1930年7月上海光华书局出版,为《科学的艺术论丛书》之一。

〔2〕 民众主义 通译民粹主义。十九世纪六、七十年代俄国的一个由知识分子构成的政治派别,他们自称为民众的精粹,故称"民粹派"。他们认为由知识分子领导的农民是主要的革命力量,主张"到民间去"宣传启发农民,发展、完善农民"村社",直接过渡到社会主义。

〔3〕 亚历山大二世(АлександрⅡ,1818—1881) 俄国沙皇。1855年即位,后在彼得堡被民粹派的秘密团体民意党人炸死。

〔4〕 "土地与自由党" 又译"土地和自由社",民粹派的组织,由普列汉诺夫、米哈依洛夫等于1876年在彼得堡建立。"民意党",民粹派的政治组织,1879年秋成立于彼得堡,一些城市设有分部。他们主张以个人暗杀手段反对沙皇专制制度。1881年3月炸死亚历山大二世,被沙皇政府严

〔5〕 "均田党"　通译"土地平分社",1879年"土地和自由社"分裂后成立,主要成员有普列汉诺夫、阿克雪里罗德、查苏利奇等。

〔6〕《资本论》第一卷的俄译本于1872年在彼得堡出版。它是《资本论》的第一个外文译本。

〔7〕《我们的对立》　通译为《我们的意见分歧》。

〔8〕《历史上的一元底观察的发展》　通译为《论一元论历史观之发展》。

〔9〕 辅车相依　语出《左传》僖公五年。比喻事物的互相依存。辅,颊骨;车,牙床。

〔10〕 Iskra(《火花》)　即《火星报》。列宁创办的第一份全俄马克思主义秘密报纸。1900年12月24日在德国莱比锡创刊,先后在慕尼黑、伦敦、日内瓦出版。列宁和普列汉诺夫都参加了编辑部的工作。在列宁的领导下,《火星报》草拟和发表了俄国社会民主工党的党纲草案,并在国内各城市成立了火星派组织,它实际上成了俄国社会民主工党的领导机关。从第五十二期起被孟什维克所把持,1903年11月,列宁退出编辑部。该报出至一一二期停刊。

〔11〕 布尔塞维克　通译布尔什维克;门塞维克,通译孟什维克。

〔12〕 日俄战争　1904年2月至1905年9月,日本帝国主义同沙皇俄国之间为争夺在我国东北地区和朝鲜的侵略权益而进行的一次帝国主义战争。

〔13〕《赛宁》　通译《沙宁》,俄国作家阿尔志跋绥夫所作的长篇小说,发表于1907年。主人公沙宁是个否定道德和社会理想,主张满足自身欲望的人物。

〔14〕 门塞维克的取消派　俄国第一次资产阶级民主革命(1905)失

败后，在俄国社会民主工党内形成的孟什维克机会主义派别。他们慑于当时的白色恐怖，主张放弃党的纲领和策略，"取消"党的严密组织和秘密革命活动，使党成为一个松散的团体以换取合法存在。该派在1912年社会民主工党布拉格代表会议上被清除出党。普列汉诺夫当时曾领导一个从孟什维克中分化出来的"孟什维克护党派"，同布尔什维克结成联盟，反对孟什维克取消派。

〔15〕 Zvezda(《星》)　即《明星报》，布尔什维克的报纸。1910年12月至1912年5月在彼得堡出版，列宁从国外指导它的工作。1911年6月以前，普列汉诺夫等"孟什维克护党派"曾为该报撰稿。

〔16〕 Pravda(《真理》)　即《真理报》，布尔什维克的合法报纸。1912年5月5日在彼得堡创刊，1917年3月成为布尔什维克的中央机关报。1913年3月至6月，普列汉诺夫曾为该报写过一些反对孟什维克取消派的文章。

〔17〕 "协同"　通译"统一派"，是以普列汉诺夫为首、《统一报》为核心的孟什维克护国派集团。成立于1917年3月，1918年夏解体。

〔18〕 布勒斯特的媾和　指1918年3月苏俄与德国等国在布列斯特订立和约。这是列宁领导下的新生苏维埃政权为了退出帝国主义战争，集中力量巩固十月革命的胜利而采取的一种革命的妥协。

〔19〕 Inprekol　《国际通讯》的简称，共产国际出版的刊物。

〔20〕 密柳珂夫(П. Н. Милюков，1859—1943)　通译米留可夫，俄国资产阶级思想家，立宪民主党首领。

〔21〕 劳动者解放团　即劳动解放社，1883年普列汉诺夫在日内瓦组织的俄国第一个马克思主义团体。在传播马克思主义方面，它曾做过很多工作，并给民粹主义以沉重打击；但它也存在着对农民的革命性估计过低、对自由资产阶级的作用估计过高等错误。

〔22〕 罗若·卢森堡(Rosa Luxemburg,1871—1919) 通译罗莎·卢森堡,国际工人运动的女活动家。生于波兰,1893年参加创立波兰社会民主党。1897年后移居德国,是德国社会民主党和第二国际左派领袖之一。

〔23〕 这里的引文出自列宁的《再论工会、目前局势及托洛茨基同志和布哈林同志的错误》,现译为:"我觉得在这里应当附带向年轻的党员指出一点:不研究——正是研究——普列汉诺夫所写的全部哲学著作,就不能成为一个自觉的、真正的共产主义者,因为这些著作是整个国际马克思主义文献中的优秀著作。"

〔24〕 托尔斯泰对于艺术的见解,普列汉诺夫文中所引的是这样一段话:"艺术者,是人们之间交通的一个手段……。这交通,和凭言语的交通的特殊性,是在凭言语,是人将自己的思想传给别人,而用艺术,则人们互相传递自己的感情。"

〔25〕 St. Simon 圣西门(1760—1825),法国空想社会主义者。Comte,孔德(1798—1857),法国哲学家。Hegel,黑格尔(1770—1831),德国哲学家。

〔26〕 Staël 斯达尔夫人(1766—1817),法国女作家、文艺评论家。Guizot,基佐(1787—1874),法国历史学家、政治活动家。Taine,泰纳(1828—1893),法国文艺理论家。

〔27〕 薄墟曼(Bushman) 通译布须曼,西南非洲的一种原始民族。韦陀(Vedda),通译维达,斯里兰卡的一种原始民族。印地安(Indian),美洲的土著民族。

〔28〕 毕海尔(K. Bücher,1847—1930) 通译毕歇尔,德国经济学家。

〔29〕 林柏修 即林伯修(1889—1961),原名杜国庠,笔名林伯修,广东澄海人,哲学家。早年留学日本,曾在北京大学、北京中国大学等校任教,参加左翼文化运动。所译普列汉诺夫的《艺术论》于1929年由上海南强书

局出版,译者署名林柏。

〔30〕 《未名丛刊》 鲁迅编辑的专收翻译著作的丛书,原由北新书局出版,1925年未名社成立后,改由该社出版。

〔31〕 本丛书 指《科学的艺术论丛书》,鲁迅、冯雪峰编辑,1929年6月开始,分由水沫书店和光华书局出版。文中提到的《文艺批评论》和《蒲力汗诺夫论》的中译本,曾列入该丛书计划,但后未出版。

〔32〕 《春潮月刊》 文艺刊物,夏康农、张友松编辑,上海春潮书店出版,1928年11月创刊,次年九月停刊,共出九期。

# 做古文和做好人的秘诀[1]

## ——夜记之五

从去年以来一年半之间，凡有对于我们的所谓批评文字中，最使我觉得气闷的滑稽的，是常燕生先生在一种月刊叫作《长夜》的上面，摆出公正脸孔，说我的作品至少还有十年生命的话[2]。记得前几年，《狂飙》[3]停刊时，同时这位常燕生先生也曾有文章[4]发表，大意说《狂飙》攻击鲁迅，现在书店不愿出版了，安知(!)不是鲁迅运动了书店老板，加以迫害？于是接着大大地颂扬北洋军阀度量之宽宏。我还有些记性，所以在这回的公正脸孔上，仍然隐隐看见刺着那一篇锻炼文字；一面又想起陈源教授的批评法[5]；先举一些美点，以显示其公平，然而接着是许多大罪状——由公平的衡量而得的大罪状。将功折罪，归根结蒂，终于是"学匪"，理应枭首挂在"正人君子"的旗下示众。所以我的经验是：毁或无妨，誉倒可怕，有时候是极其"汲汲乎殆哉"[6]的。更何况这位常燕生先生满身五色旗[7]气味，即令真心许我以作品的不灭，在我也好像宣统皇帝忽然龙心大悦，钦许我死后谥为"文忠"一般。于满肚气闷中的滑稽之余，仍只好诚惶诚恐，特别脱帽鞠躬，敬谢不敏之至了。

但在同是《长夜》的另一本上，有一篇刘大杰先生的文章[8]——这些文章，似乎《中国的文艺论战》[9]上都未收载——

我却很感激的读毕了,这或者就因为正如作者所说,和我素不相知,并无私人恩怨,夹杂其间的缘故。然而尤使我觉得有益的,是作者替我设法,以为在这样四面围剿之中,不如放下刀笔,暂且出洋;并且给我忠告,说是在一个人的生活史上留下几张白纸,也并无什么紧要。在仅仅一个人的生活史上,有了几张白纸,或者全本都是白纸,或者竟全本涂成黑纸,地球也决不会因此炸裂,我是早知道的。这回意外地所得的益处,是三十年来,若有所悟,而还是说不出简明扼要的纲领的做古文和做好人的方法,因此恍然抓住了窍头了。

其口诀曰:要做古文,做好人,必须做了一通,仍旧等于一张的白纸。

从前教我们作文的先生,并不传授什么《马氏文通》,《文章作法》[10]之流,一天到晚,只是读,做,读,做;做得不好,又读,又做。他却决不说坏处在那里,作文要怎样。一条暗胡同,一任你自己去摸索,走得通与否,大家听天由命。但偶然之间,也会不知怎么一来——真是"偶然之间"而且"不知怎么一来",——卷子上的文章,居然被涂改的少下去,留下的,而且有密圈的处所多起来了。于是学生满心欢喜,就照这样——真是自己也莫名其妙,不过是"照这样"——做下去,年深月久之后,先生就不再删改你的文章了,只在篇末批些"有书有笔,不蔓不枝"之类,到这时候,即可以算作"通"。——自然,请高等批评家梁实秋先生来说,恐怕是不通的,但我是就世俗一般而言,所以也姑且从俗。

这一类文章,立意当然要清楚的,什么意见,倒在其次。譬如说,做《工欲善其事,必先利其器论》[11]罢,从正面说,发挥"其器不利,则工事不善"固可,即从反面说,偏以为"工以技为先,技不纯,则器虽利,而事亦不善"也无不可。就是关于皇帝的事,说"天皇圣明,臣罪当诛"固可,即说皇帝不好,一刀杀掉也无不可的,因为我们的孟夫子有言在先,"闻诛独夫纣矣,未闻弑君也"[12],现在我们圣人之徒,也正是这一个意思儿。但总之,要从头到底,一层一层说下去,弄得明明白白,还是天皇圣明呢,还是一刀杀掉,或者如果都不赞成,那也可以临末声明:"虽穷淫虐之威,而究有君臣之分,君子不为已甚,窃以为放诸四裔可矣"的。这样的做法,大概先生也未必不以为然,因为"中庸"[13]也是我们古圣贤的教训。

然而,以上是清朝末年的话,如果在清朝初年,倘有什么人去一告密,那可会"灭族"也说不定的,连主张"放诸四裔"也不行,这时他不和你来谈什么孟子孔子了。现在革命方才成功,情形大概也和清朝开国之初相仿。(不完)

这是"夜记"之五的小半篇。"夜记"这东西,是我于一九二七年起,想将偶然的感想,在灯下记出,留为一集的,那年就发表了两篇[14]。到得上海,有感于屠戮之凶,又做了一篇半,题为《虐杀》,先讲些日本幕府的磔杀耶教徒[15],俄国皇帝的酷待革命党之类的事。但不久就遇到了大骂人道主义的风潮[16],我也就借此偷懒,不再写下去,现在连稿子也不见了。

到得前年,柔石要到一个书店[17]去做杂志的编辑,来托我做点随随便便,看起来不大头痛的文章。这一夜我就又想到做"夜记",立了这样的题目。大意是想说,中国的作文和做人,都要古已有之,但不可直钞整篇,而须东拉西扯,补缀得看不出缝,这才算是上上大吉。所以做了一大通,还是等于没有做,而批评者则谓之好文章或好人。社会上的一切,什么也没有进步的病根就在此。当夜没有做完,睡觉去了。第二天柔石来访,将写下来的给他看,他皱皱眉头,以为说得太噜苏一点,且怕过占了篇幅。于是我就约他另译一篇短文,将这放下了。

现在去柔石的遇害,已经一年有余了,偶然从乱纸里检出这稿子来,真不胜其悲痛。我想将全文补完,而终于做不到,刚要下笔,又立刻想到别的事情上去了。所谓"人琴俱亡"[18]者,大约也就是这模样的罢。现在只将这半篇附录在这里,以作柔石的记念。

一九三二年四月二十六日之夜,记。

\*　　\*　　\*

〔1〕　本篇在收入本书前未在报刊上发表过。

〔2〕　常燕生(1898—1947)　名乃德,山西榆次人,国家主义派成员。曾参加过狂飙社。他是《长夜》的经常撰稿人,在该刊第三期(1928年5月)发表的《越过了阿Q的时代以后》中说:"鲁迅及其追随者,都是思想已经落后的人。"又说:"鲁迅及其追随者在此后十年之中自然还应该有他相当的位置。"《长夜》,文艺半月刊,国家主义派的左舜生等主办,1928年4月在上海创刊,同年5月停刊,共出四期。

〔3〕　《狂飙》　文学周刊,狂飙社的高长虹等人编辑。1926年10月

在上海创刊,1927年1月出至第十七期停刊。光华书局出版。

〔4〕 指常燕生的《挽狂飙》一文。收入《三闲集·吊与贺》中。

〔5〕 陈源的批评法 陈源(1896—1970) 字通伯,笔名西滢,江苏无锡人,现代评论派主要成员。曾任北京大学、武汉大学教授。他在《现代评论》第三卷第七十一期(1926年4月17日)的"闲话"中,先说鲁迅的《呐喊》是新文学最初十年短篇小说的"代表作品",又说鲁迅的杂文:"我不能因为我不尊敬鲁迅先生的人格,就不说他的小说好,我也不能因为佩服他的小说,就称赞他其余的文章。我觉得他的杂感,除了《热风》中二三篇外,实在没有一读的价值。"

〔6〕 "汲汲乎殆哉" 语出《孟子·万章上》:"天下殆哉,岌岌乎!"

〔7〕 五色旗 1911年至1927年中华民国的国旗,用红、黄、蓝、白、黑五色横列组成。

〔8〕 刘大杰的文章 题为《呐喊与彷徨与野草》,刊于《长夜》第四期(1928年5月)。其中说:"鲁迅的发表《野草》,看去似乎是到了创作的老年了。作者若不想法变换变换生活,以后恐怕再难有较大的作品罢。我诚恳地希望作者,放下呆板的生活,(不要开书店,也不要作教授)提起皮包,走上国外的旅途去,好在自己的生活史上,留下几页空白的地方。"刘大杰(1904—1977),湖南岳阳人,文学史家。当时是《长夜》的主要撰稿人之一。

〔9〕《中国文艺论战》 李何林编辑,上海北新书局1929年10月出版,收入1928年革命文学运动中各派的论争文章四十六篇。

〔10〕《马氏文通》 清代马建忠著,是我国最早的一部较有系统的研究汉语语法的书。《文章作法》,夏丏尊、刘薰宇合编,1926年上海开明书店出版。

〔11〕 工欲善其事,必先利其器 语出《论语·卫灵公》。科举时代常用《四书》、《五经》中的语句作为试题。

〔12〕 "闻诛独夫纣矣,未闻弑君也" 语出《孟子·梁惠王(下)》,"独夫"原作"一夫"。

〔13〕 "中庸" 语出《论语·雍也》:"中庸之为德也,其至矣乎!"据宋代朱熹注:"中者,无过不及之名也;庸,平常也。……程子曰:'不偏之谓中,不易之谓庸。中者,天下之正道,庸者,天下之定理。'"

〔14〕 指收入《三闲集》中的《怎么写》和《在钟楼上》二文。

〔15〕 日本幕府的碟杀耶教徒 十六世纪天主教传入日本后,迅速传布全国。当时统治日本的江户幕府(1603—1867)害怕教徒联合反抗,于1611年下令禁教,并用酷刑杀害教士和教徒。1637年岛原的天主教徒起义,幕府曾调动十余万军队进行镇压,杀万余人。幕府,1192年至1867年日本封建时代的中央军事独裁政权。

〔16〕 大骂人道主义的风潮 1928年上半年,创造社主办的《文化批判》、《创造月刊》上连续发表《艺术与社会生活》、《人道主义者怎样地防卫着自己?》、《"除掉"鲁迅的"除掉"!》、《毕竟是醉眼陶然罢了》等文,将鲁迅作为"人道主义者"进行错误的批评。

〔17〕 指上海明日书店。这里所说的杂志,后来没有出版。

〔18〕 "人琴俱亡" 晋代王徽之(字子猷)悼念王献之(字子敬)的故事,见《世说新语·伤逝》:"王子猷、子敬俱病笃,而子敬先亡。子猷问左右:'何以都不闻消息,此已丧矣。语时了不悲,便索舆来奔丧,都不哭。子敬素好琴,便径入坐灵床上,取子敬琴弹,弦既不调,掷地云:'子敬,子敬,人琴俱亡!'因恸绝良久,月余亦卒。"

# 一九三一年

## 关于《唐三藏取经诗话》的版本[1]

——寄开明书店中学生杂志社

编辑先生：

　　这一封信,不知道能否给附载在《中学生》[2]上？

　　事情是这样的——

　　《中学生》新年号内,郑振铎[3]先生的大作《宋人话本》中关于《唐三藏取经诗话》[4],有如下的一段话：

　　"此话本的时代不可知,但王国维氏据书末：'中瓦子张家印'数字,而断定其为宋椠,[5]语颇可信。故此话本,当然亦必为宋代的产物。但也有人加以怀疑的。不过我们如果一读元代吴昌龄的《西游记》杂剧[6],便知这部原始的取经故事其产生必定是远在于吴氏《西游记》杂剧之前的。换一句话说,必定是在元代之前的宋代的。而'中瓦子'的数字恰好证实其为南宋临安城中所出产的东西,而没有什么疑义。"

　　我先前作《中国小说史略》时,曾疑此书为元椠,甚招收藏者德富苏峰先生的不满,著论辟谬,我也略加答辨,后来收在杂感集中。[7]所以郑振铎先生大作中之所谓"人",其实就是"鲁迅",于唾弃之中,仍寓代为遮羞的美意,这是我万分惭而且感的。但我以为考证固不可荒唐,而亦不宜墨守,世间许多事,只消常识,便得了然。藏书家欲其所藏版本之古,史家则不然。故于旧书,不以缺笔[8]定时代,如遗老现在还有将仪字缺末笔者,但现在确是中华民国;也不专以地名定时代,如我生于绍兴,然而并非南宋人,[9]因为许多地名,是不随朝代而改的;也不仅据文意的华朴巧拙定时代,因为作者是文人还是市人,于作品是大有分别的。

所以倘无积极的确证,《唐三藏取经诗话》似乎还可怀疑为元椠。即如郑振铎先生所引据的同一位"王国维氏",他别有《两浙古刊本考》[10]两卷,民国十一年序,收在遗书第二集中。其卷上"杭州府刊版"的"辛,元杂本"项下,有这样的两种在内——

《京本通俗小说》[11]

《大唐三藏取经诗话》三卷

是不但定《取经诗话》为元椠,且并以《通俗小说》为元本了。《两浙古本考》虽然并非僻书,但中学生诸君也并非专治文学史者,恐怕未必有暇涉猎。所以录寄　贵刊,希为刊载,一以略助多闻,二以见单文孤证,是难以"必定"一种史实而常有"什么疑义"的。

专此布达,并请

撰安。

　　　　　　　　　　鲁迅启上。一月十九日夜。

二心集

※　　※　　※

〔1〕 本篇最初发表于1931年2月上海《中学生》杂志第十二号。原题为《关于〈唐三藏取经诗话〉》。

〔2〕 《中学生》 以中学生为对象的综合性刊物。夏丏尊、叶圣陶等编辑，1930年1月在上海创刊，开明书店出版。

〔3〕 郑振铎（1898—1958） 笔名西谛，福建长乐人，作家、文学史家，文学研究会主要成员。曾主编《小说月报》，著有短篇小说集《桂公塘》、《插图本中国文学史》等。

〔4〕 《唐三藏取经诗话》 即《大唐三藏取经诗话》，又名《大唐三藏法师取经记》，全书分三卷，共十七节。是关于唐僧取经的神魔故事的最早雏形。作者不详。

〔5〕 王国维（1877—1927） 字静安，号观堂，浙江海宁人，近代学者。从事历史、考古和戏曲史等研究，著有《宋元戏曲史》、《人间词话》和《观堂集林》等。他在1915年为影印出版《唐三藏取经诗话》所写的序言中曾说："宋椠《大唐三藏取经诗话》三卷，……卷末有'中瓦子张家印'款一行，中瓦子为宋临安府街名，倡优剧场之所在也。"

〔6〕 吴昌龄 大同（今属山西）人，元代戏曲家。著有杂剧《东坡梦》、《唐三藏西天取经》（现仅存曲词二折）等。按《西游记》杂剧的作者是元末杨讷，过去多误作吴昌龄。

〔7〕 德富苏峰（1863—1957） 日本著作家。他在1926年11月14日东京《国民新闻》上发表《鲁迅氏之〈中国小说史略〉》一文，反对鲁迅关于《大唐三藏法师取经记》刊行年代的意见。鲁迅曾写《关于三藏取经记等》（收入《华盖集续编》）进行答辩。

〔8〕 缺笔 从唐代开始的一种避讳方式，在书写和镌刻本朝皇帝或尊长的名字时省略最末一笔。

〔9〕 绍兴 这里指旧时绍兴府。南宋绍兴元年(1131),升越州置府,以年号为名。

〔10〕 《两浙古刊本考》 王国维辑录考订的宋、元两代浙江杭州府、嘉兴府刊刻的各种版本书目。

〔11〕 《京本通俗小说》 宋人话本集。原书卷数不详,今残存第十至十六卷,共七篇。

# 柔石小传[1]

　　柔石，原名平复，姓赵，以一九〇一年生于浙江省台州宁海县的市门头。前几代都是读书的，到他的父亲，家景已不能支，只好去营小小的商业，所以他直到十岁，这才能入小学。一九一七年赴杭州，入第一师范学校；一面为杭州晨光社[2]之一员，从事新文学运动。毕业后，在慈溪等处为小学教师，且从事创作，有短篇小说集《疯人》[3]一本，即在宁波出版，是为柔石作品印行之始。一九二三年赴北京，为北京大学旁听生。

　　回乡后，于一九二五年春，为镇海中学校务主任，抵抗北洋军阀的压迫甚力。秋，咯血，但仍力助宁海青年，创办宁海中学，至次年，竟得募集款项，造成校舍；一面又任教育局局长，改革全县的教育。

　　一九二八年四月，乡村发生暴动，失败后，到处反动，较新的全被摧毁，宁海中学既遭解散，柔石也单身出走，寓居上海，研究文艺。十二月为《语丝》编辑，又与友人设立朝华社[4]，于创作之外，并致力于绍介外国文艺，尤其是北欧，东欧的文学与版画，出版的有《朝华》[5]周刊二十期，旬刊十二期，及《艺苑朝华》[6]五本。后因代售者不付书价，力不能支，遂中止。

一九三〇年春,自由运动大同盟发动,柔石为发起人之一;不久,左翼作家联盟成立,他也为基本构成员之一,尽力于普罗文学运动。先被选为执行委员,次任常务委员编辑部主任;五月间,以左联代表的资格,参加全国苏维埃区域代表大会,毕后,作《一个伟大的印象》[7]一篇。

一九三一年一月十七日被捕,由巡捕房经特别法庭移交龙华警备司令部,二月七日晚,被秘密枪决,身中十弹。

柔石有子二人,女一人,皆幼。文学上的成绩,创作有诗剧《人间的喜剧》,未印,小说《旧时代之死》,《三姊妹》,《二月》,《希望》,[8]翻译有卢那卡尔斯基的《浮士德与城》[9],戈理基的《阿尔泰莫诺夫氏之事业》[10]及《丹麦短篇小说集》[11]等。

\* \* \* \*

〔1〕 本篇最初发表于1931年4月25日上海《前哨》(纪念战死者专号),未署名。

1931年1月17日,"左联"作家李伟森、柔石、胡也频、冯铿、殷夫五人遭国民党当局逮捕,2月7日被秘密杀害于上海龙华。为了揭露国民党的暴行,鲁迅主持出版了"左联"秘密刊物《前哨》(纪念战死者专号),写了《柔石小传》、《中国无产阶级革命文学和前驱的血》等文章,并参与起草《中国左翼作家联盟为国民党屠杀大批革命作家宣言》。

本文写作时因受条件限制,若干地方与事实稍有出入。按柔石1902年生于浙江宁海,1917年赴台州,在浙江省立第六中学念书。1918年考入杭州浙江省立第一师范学校,1923年毕业。1925年春赴北京,在北京大学当旁听生,次年回浙江任镇海中学教员,后任教导主任。

1927年任教于宁海中学，次年初任县教育局长。1928年5月宁海亭旁农民暴动失败，柔石受到威胁，遂到上海。1930年5月加入中国共产党。

〔2〕 晨光社　文学团体，1921年成立于杭州。主要成员有柔石、冯雪峰、潘漠华、魏金枝等，朱自清、叶圣陶为顾问，曾出版《晨光》周刊。

〔3〕 《疯人》　短篇小说集，收小说六篇，署名赵平复。1925年初由作者自费出版，宁波华升书局代印。

〔4〕 朝华社　亦作朝花社，鲁迅、柔石等组织的文艺团体，1928年11月成立于上海。

〔5〕 《朝华》　即《朝花》，文艺周刊。1928年12月6日创刊，至1929年5月16日共出二十期；6月1日改出《朝花旬刊》，1929年9月21日出至第十二期停刊。

〔6〕 《艺苑朝华》　朝花社出版的美术丛刊，鲁迅、柔石编辑。1929年至1930年间共出外国美术作品五辑，即《近代木刻选集》一、二集，《蕗谷虹儿画选》、《比亚兹莱画选》和《新俄画选》。后一辑编成时朝花社已结束，改由光华书局出版。

〔7〕 《一个伟大的印象》　通讯，载《世界文化》创刊号（1930年9月，仅出一期），署名刘志清。

〔8〕 《旧时代之死》　长篇小说，1929年10月北新书局出版；《三姊妹》，中篇小说，1929年4月水沫书店出版；《二月》，中篇小说，1929年11月上海春潮书局出版。《希望》，短篇小说集，1930年7月上海商务印书馆出版。

〔9〕 《浮士德与城》　剧本，柔石的中译本于1930年9月上海神州国光社出版，为《现代文艺丛书》之一。鲁迅为该书写了"后记"及翻

译了"作者小传"(分别收入《集外集拾遗》和《鲁迅译文集》第十卷)。

〔10〕 戈理基(М. Горький,1868—1936) 通译高尔基,苏联作家,著有长篇小说《福玛·高尔捷耶夫》、《母亲》和自传体三部曲《童年》、《在人间》、《我的大学》等。他的长篇小说《阿尔泰莫诺夫氏之事业》,柔石译本题为《颓废》,署名赵璜,1934年3月商务印书馆出版。

〔11〕 《丹麦短篇小说集》 收柔石所译安徒生等作家的作品十一篇,署名金桥,曾列为朝花社《北欧文艺丛书》之四,1929年4月登过广告,但未出版。1937年3月增入淡秋翻译的六篇,由商务印书馆出版。

# 中国无产阶级革命文学和前驱的血[1]

中国的无产阶级革命文学在今天和明天之交发生,在诬蔑和压迫之中滋长,终于在最黑暗里,用我们的同志的鲜血写了第一篇文章。

我们的劳苦大众历来只被最剧烈的压迫和榨取,连识字教育的布施也得不到,惟有默默地身受着宰割和灭亡。繁难的象形字,又使他们不能有自修的机会。智识的青年们意识到自己的前驱的使命,便首先发出战叫。这战叫和劳苦大众自己的反叛的叫声一样地使统治者恐怖,走狗的文人即群起进攻,或者制造谣言,或者亲作侦探,然而都是暗做,都是匿名,不过证明了他们自己是黑暗的动物。

统治者也知道走狗的文人不能抵挡无产阶级革命文学,于是一面禁止书报,封闭书店,颁布恶出版法,通缉著作家,一面用最末的手段,将左翼作家逮捕,拘禁,秘密处以死刑,至今并未宣布。这一面固然在证明他们是在灭亡中的黑暗的动物,一面也在证实中国无产阶级革命文学阵营的力量,因为如传略[2]所罗列,我们的几个遇害的同志的年龄,勇气,尤其是平日的作品的成绩,已足使全队走狗不敢狂吠。

然而我们的这几个同志已被暗杀了,这自然是无产阶级革命文学的若干的损失,我们的很大的悲痛。但无产阶级革命文学却仍然滋长,因为这是属于革命的广大劳苦群众的,大众存在一日,壮大一日,无产阶级革命文学也就滋长一日。我们的同志的血,已经证明了无产阶级革命文学和革命的劳苦大众是在受一样的压迫,一样的残杀,作一样的战斗,有一样的运命,是革命的劳苦大众的文学。

现在,军阀的报告,已说虽是六十岁老妇,也为"邪说"所中,租界的巡捕,虽对于小学儿童,也时时加以检查;他们除从帝国主义得来的枪炮和几条走狗之外,已将一无所有了,所有的只是老老小小——青年不必说——的敌人。而他们的这些敌人,便都在我们的这一面。

我们现在以十分的哀悼和铭记,纪念我们的战死者,也就是要牢记中国无产阶级革命文学的历史的第一页,是同志的鲜血所记录,永远在显示敌人的卑劣的凶暴和启示我们的不断的斗争。

※　　※　　※

〔1〕　本篇最初发表于1931年4月25日《前哨》(纪念战死者专号),署名L. S.。

〔2〕　传略　指刊登在《前哨》(纪念战死者专号)上的"左联"五烈士的小传。他们是李伟森(1903—1931),原名李国纬,又名李求实,湖北武昌人,译有《朵思退夫斯基》、《动荡中的新俄农村》等。柔石,参看本书《柔石小传》。胡也频(1903—1931),福建福州人,作品有小说《到莫斯科去》、《光明在我们的前面》等。冯铿(1907—1931),原名岭

梅,女,广东潮州人,作品有小说《最后的出路》、《红的日记》等。殷夫(1909—1931),原名徐祖华,笔名白莽、徐白等,浙江象山人,作品有新诗《孩儿塔》、《伏尔加的黑浪》等,生前未结集出版。他们都是中共党员。李伟森被捕时在中共中央宣传部工作,其他四人被捕时都是"左联"成员。1931年1月17日,他们在上海东方旅社参加党内集会被捕。同年2月7日,被国民党当局秘密杀害于龙华。

# 黑暗中国的文艺界的现状[1]

——为美国《新群众》作

现在,在中国,无产阶级的革命的文艺运动,其实就是惟一的文艺运动。因为这乃是荒野中的萌芽,除此以外,中国已经毫无其他文艺。属于统治阶级的所谓"文艺家",早已腐烂到连所谓"为艺术的艺术"[2]以至"颓废"的作品也不能生产,现在来抵制左翼文艺的,只有诬蔑,压迫,囚禁和杀戮;来和左翼作家对立的,也只有流氓,侦探,走狗,刽子手了。

这一点,已经由两年以来的事实,证明得十分明白。

前年,最初绍介蒲力汗诺夫(Plekhanov)和卢那卡尔斯基(Lunacharsky)的文艺理论进到中国的时候,先使一位白璧德先生(Mr. Prof. Irving Babbitt)的门徒,感觉锐敏的"学者"愤慨,他以为文艺原不是无产阶级的东西,无产者倘要创作或鉴赏文艺,先应该辛苦地积钱,爬上资产阶级去,而不应该大家浑身褴褛,到这花园中来吵嚷。并且造出谣言,说在中国主张无产阶级文学的人,是得了苏俄的卢布。[3]这方法也并非毫无效力,许多上海的新闻记者就时时捏造新闻,有时还登出卢布的数目。但明白的读者们并不相信它,因为比起这种纸上的新闻来,他们却更切实地在事实上看见只有从帝国主义国家运到杀戮无产者的枪炮。

统治阶级的官僚，感觉比学者慢一点，但去年也就日加迫压了。禁期刊，禁书籍，不但内容略有革命性的，而且连书面用红字的，作者是俄国的，绥拉菲摩维支（A. Serafimo-vitch），伊凡诺夫（V. Ivanov）和奥格涅夫（N. Ognev）不必说了，连契诃夫（A. Chekhov）和安特来夫（L. Andreev）[4]的有些小说，也都在禁止之列。于是使书店只好出算学教科书和童话，如 Mr. Cat 和 Miss Rose[5]谈天，称赞春天如何可爱之类——因为至尔妙伦（H. Zur Mühlen）[6]所作的童话的译本也已被禁止，所以只好竭力称赞春天。但现在又有一位将军发怒，说动物居然也能说话而且称为 Mr.，有失人类的尊严了。[7]

单是禁止，还不是根本的办法，于是今年有五个左翼作家失了踪，经家族去探听，知道是在警备司令部，然而不能相见，半月以后，再去问时，却道已经"解放"——这是"死刑"的嘲弄的名称——了，而上海的一切中文和西文的报章上，绝无记载。接着是封闭曾出新书或代售新书的书店，多的时候，一天五家，——但现在又陆续开张了，我们不知道是怎么一回事，惟看书店的广告，知道是在竭力印些英汉对照，如斯蒂文生（Robert Stevenson），槐尔特（Oscar Wilde）[8]等人的文章。

然而统治阶级对于文艺，也并非没有积极的建设。一方面，他们将几个书店的原先的老板和店员赶开，暗暗换上肯听嗾使的自己的一伙。但这立刻失败了。因为里面满是走狗，这书店便像一座威严的衙门，而中国的衙门，是人民所最害怕最讨厌的东西，自然就没有人去。喜欢去跑跑的还是几只闲逛的走狗。这样子，又怎能使门市热闹呢？但是，还有一方面，是做些文章，印行杂志，以代被禁止的左翼的刊物，至今为止，已将十种。然而这也失败了。最有妨碍的是这些"文艺"的主持者，乃是一位上海市的政府委员和一位警备司令部的侦缉队长，[9]他们的善于"解放"的名誉，都比"创作"要大得多。他们倘做一部"杀戮法"或"侦探术"，大约倒还有人要看的，但不幸竟在想画画，吟诗。这实在譬如美国的亨利·福特（Henry Ford）[10]先生不谈汽车，却来对大家唱歌一样，只令人觉得非常诧异。

官僚的书店没有人来，刊物没有人看，救济的方法，是去强迫早经有名，而并不分明左倾的作者来做文章，帮助他们的刊物的流布。那结果，是只有一两个胡涂的中计，多数却至今未曾动笔，有一个竟吓得躲到不知道什么地方去了。

现在他们里面的最宝贵的文艺家，是当左翼文艺运动开始，未受迫害，为革命的青年所拥护的时候，自称左翼，而现在爬到他们的刀下，转头来害左翼作家的几个人。[11]为什么被他们所宝贵的呢？因为他曾经是左翼，所以他们的有几种刊物，那面子还有一部分是通红的，但将其中的农工的图，换上了毕亚兹莱（Aubrey Beardsley）[12]的个个好像病人的图画了。

在这样的情形之下，那些读者们，凡是一向爱读旧式的强盗小说的和新式的肉欲小说的，倒并不觉得不便。然而较进步的青年，就觉得无书可读，他们不得已，只得看看空话很多，内容极少——这样的才不至于被禁止——的书，姑且安慰饥渴，因为他们知道，与其去买官办的催吐的毒剂，还不如喝喝空杯,至少,是不至于受害。但一大部分革命的青年,却无论如何,仍在非常热烈地要求,拥护,发展左翼文艺。

所以,除官办及其走狗办的刊物之外,别的书店的期刊,还是不能不设种种方法,加入几篇比较的急进的作品去,他们也知道专卖空杯,这生意决难久长。左翼文艺有革命的读者大众支持,"将来"正属于这一面。

这样子,左翼文艺仍在滋长。但自然是好像压于大石之下的萌芽一样,在曲折地滋长。

所可惜的,是左翼作家之中,还没有农工出身的作家。一者,因为农工历来只被迫压,榨取,没有略受教育的机会;二者,因为中国的象形——现在是早已变得连形也不像了——的方块字,使农工虽是读书十年,也还不能任意写出自己的意见。这事情很使拿刀的"文艺家"喜欢。他们以为受教育能到会写文章,至少一定是小资产阶级,小资产者应该抱住自己的小资产,现在却反而倾向无产者,那一定是"虚伪"。惟有反对无产阶级文艺的小资产阶级的作家倒是出于"真"心的。"真"比"伪"好,所以他们的对于左翼作家的诬蔑,压迫,囚禁和杀戮,便是更好的文艺。

但是,这用刀的"更好的文艺",却在事实上,证明了左翼作家们正和一样在被压迫被杀戮的无产者负着同一的运命,惟有左翼文艺现在在和无产者一同受难(Passion),将来当然也将和无产者一同起来。单单的杀人究竟不是文艺,他们也因此自己宣告了一无所有了。

\* \* \* \*

〔1〕 本篇是作者应当时在中国的美国友人史沫特莱之约,为美国《新群众》杂志而作,时间约在1931年3、4月间,当时未在国内刊物上发表过。

〔2〕 "为艺术的艺术" 十九世纪法国作家戈蒂叶最早提出的一种文艺观点(见小说《莫班小姐》序)。他认为艺术应该超越一切功利而存在,创作的目的在于艺术本身,与社会政治无关。创造社早期也曾提过类似的主张。

〔3〕 这里所说白璧德的门徒、"学者",都指梁实秋。参看本书《"硬译"与"文学的阶级性"》和《"丧家的""资本家的乏走狗"》以及有关的注释。

〔4〕 绥拉菲摩维支(А. С. Серафимович,1863—1949) 通译绥拉菲摩维奇,著有长篇小说《铁流》等。伊凡诺夫(В. В. Иванов,1895—1963),著有中篇小说《铁甲列车14—69号》等。奥格涅夫(Н. Огнёв,1888—1938),著有《新俄学生日记》等。他们都是苏联作家。契诃夫(А. П. Чехов,1860—1904),著有短篇小说数百篇及剧本《海鸥》、《樱桃园》等。安特来夫(Л. Н. Андреев,1871—1919),通译安德烈夫,著有中篇小说《红的笑》等。他们都是俄国作家。

〔5〕 Mr. Cat 和 Miss Rose 英语:猫先生和玫瑰小姐。

〔6〕 至尔妙伦 海尔密尼亚·至尔·妙伦(1883—1951),德国女作家。生于维也纳,童年随父到过欧亚不少国家。她熟悉工人生活,曾参加德国无产阶级文学活动。1933年在德国纳粹党压迫下,长期流亡国外。她的作品除《小彼得》和文中所说的《真理之城》外,还有《玫瑰》、《织毯工阿里》等。她所作《小彼得》(许霞译,鲁迅校改)第六篇《破雪草的故事》中,曾将剥削阶级和剥削制度比喻为冬天予以诅咒。

111

〔7〕 指当时湖南军阀何键(1887—1956),湖南醴陵人,时任湖南省主席。他在1931年2月23日给国民党政府教育部的"咨文"中,主张禁止在教科书中把动物比拟为人类,其中说:"近日课本。每每狗说。猪说。鸭子说。以及猫小姐。狗大哥。牛公公之词。充溢行间。禽兽能作人言。尊称加诸兽类。鄙俚怪诞。莫可言状。"

〔8〕 斯蒂文生(1850—1894) 英国小说家。著有小说《金银岛》等。槐尔特(1856—1900),通译王尔德,英国作家,著有剧本《莎乐美》等。

〔9〕 政府委员 指朱应鹏(1895—1966),浙江杭州人,时任国民党上海市区党部委员、上海市政府委员,《前锋月刊》主编。侦缉队长,指范争波(1901—?),河南修武人,时任国民党上海市党部常务委员、淞沪警备司令部侦缉队长兼军法处长,《前锋周报》编辑之一。他们都是"民族主义文学运动"的发起人。

〔10〕 亨利·福特(1863—1947) 美国经营汽车制造业的企业家,有"汽车大王"之称。

〔11〕 1931年4、5月间,"左联"常委会曾发布《开除周全平、叶灵凤、周毓英的通告》,揭露他们追随或参加"民族主义文学运动"等行为(见《文学导报》第一卷第二期)。作者这里说的几个转向的文艺家当指这些人。

〔12〕 毕亚兹莱(1872—1898) 英国画家。多用带图案性的黑白线条描绘社会生活,常把人画得瘦削。

# 上海文艺之一瞥[1]

——八月十二日在社会科学研究会讲

上海过去的文艺,开始的是《申报》[2]。要讲《申报》,是必须追溯到六十年以前的,但这些事我不知道。我所能记得的,是三十年以前,那时的《申报》,还是用中国竹纸的,单面印,而在那里做文章的,则多是从别处跑来的"才子"。

那时的读书人,大概可以分他为两种,就是君子和才子。君子是只读四书五经,做八股,非常规矩的。而才子却此外还要看小说,例如《红楼梦》,还要做考试上用不着的古今体诗[3]之类。这是说,才子是公开的看《红楼梦》的,但君子是否在背地里也看《红楼梦》,则我无从知道。有了上海的租界,——那时叫作"洋场",也叫"夷场",后来有怕犯讳的,便往往写作"彝场"——有些才子们便跑到上海来,因为才子是旷达的,那里都去;君子则对于外国人的东西总有点厌恶,而且正在想求正路的功名,所以决不轻易的乱跑。孔子曰,"道不行,乘桴浮于海"[4],从才子们看来,就是有点才子气的,所以君子们的行径,在才子就谓之"迂"。

才子原是多愁多病,要闻鸡生气,见月伤心的。一到上海,又遇见了婊子。去嫖的时候,可以叫十个二十个的年青姑娘聚集在一处,样子很有些像《红楼梦》,于是他就觉得自己

113

好像贾宝玉;自己是才子,那么婊子当然是佳人,于是才子佳人的书就产生了。内容多半是,惟才子能怜这些风尘沦落的佳人,惟佳人能识坎轲不遇的才子,受尽千辛万苦之后,终于成了佳偶,或者是都成了神仙。

他们又帮申报馆印行些明清的小品书出售,自己也立文社,出灯谜,有入选的,就用这些书做赠品,所以那流通很广远。也有大部书,如《儒林外史》[5],《三宝太监西洋记》[6],《快心编》[7]等。现在我们在旧书摊上,有时还看见第一页印有"上海申报馆仿聚珍板印"字样的小本子,那就都是的。

佳人才子的书盛行的好几年,后一辈的才子的心思就渐渐改变了。他们发见了佳人并非因为"爱才若渴"而做婊子的,佳人只为的是钱。然而佳人要才子的钱,是不应该的,才子于是想了种种制伏婊子的妙法,不但不上当,还占了她们的便宜。叙述这各种手段的小说就出现了,社会上也很风行,因为可以做嫖学教科书去读。这些书里面的主人公,不再是才子+(加)呆子,而是在婊子那里得了胜利的英雄豪杰,是才子+流氓。

在这之前,早已出现了一种画报,名目就叫《点石斋画报》,是吴友如[8]主笔的,神仙人物,内外新闻,无所不画,但对于外国事情,他很不明白,例如画战舰罢,是一只商船,而舱面上摆着野战炮;画决斗则两个穿礼服的军人在客厅里拔长刀相击,至于将花瓶也打落跌碎。然而他画"老鸨虐妓","流氓拆梢"之类,却实在画得很好的,我想,这是因为他看得太多了的缘故;就是在现在,我们在上海也常常看到和他所画一般的脸孔。这画报的势力,当时是很大的,流行各省,算是要知道"时务"——这名称在那时就如现在之所谓"新学"——的人们的耳目。前几年又翻印了,叫作《吴友如墨宝》,而影响到后来也实在利害,小说上的绣像[9]不必说了,就是在教科书的插画上,也常常看见所画的孩子大抵是歪戴帽,斜视眼,满脸横肉,一副流氓气。在现在,新的流氓画家又出了叶灵凤[10]先生,叶先生的画是从英国的毕亚兹莱(Aubrey Beardsley)剥来的,毕亚兹莱是"为艺术的艺术"派,他的画极受日本的"浮世绘"(Ukiyoe)[11]的影响。浮世绘虽是民间艺术,但所画的多是妓女和戏子,胖胖的身体,斜视的眼睛——Erotic(色情的)眼睛。不过毕亚兹莱画的人物却瘦瘦的,那是因为他是颓废派(Decadence)的缘故。颓废派的人们多是瘦削的,颓丧的,对于壮健的女人他有点惭愧,所以不喜欢。我们的叶先生的新斜眼画,正和吴友如的老斜眼画合流,那自然应该流行好几年。但他也并不只画流氓的,有一个时期也画过普罗列塔利亚,不过所画的工人也还是斜视眼,伸着特别大的拳头。但我以为画普罗列塔利亚应该是写实的,照工人原来的面貌,并不须画得拳头比脑袋还要大。

现在的中国电影,还在很受着这"才子+流氓"式的影响,里面的英雄,作为"好人"的英雄,也都是油头滑脑的,和一些住惯了上海,晓得怎样"拆梢","揩油","吊膀子"[12]的滑头少年一样。看了之后,令人觉得现在倘要做英雄,做好人,也必须是流氓。

才子+流氓的小说,但也渐渐的衰退了。那原因,我想,一则因为总是这一套老调子——妓女要钱,嫖客用手段,原不会写不完的;二则因为所用的是苏白,如什么倪＝我,耐＝你,阿是＝是否之类,除了老上海和江浙的人们之外,谁也看不懂。

然而才子+佳人的书,却又出了一本当时震动一时的小说,那就是从英文翻译过来的《迦茵小传》(H. R. Haggard: Joan Haste)[13]。但只有上半本,据译者说,原本从旧书摊上得来,非常之好,可惜觅不到下册,无可奈何了。果然,这很打动了才子佳人们的芳心,流行得很广很广。后来还至于打动了林琴南先生,将全部译出,仍旧名为《迦茵小传》。而同时受了先译者的大骂[14],说他不该全译,使迦茵的价值降低,给读者以不快的。于是才知道先前之所以只有半部,实非原本残缺,乃是因为记着迦茵生了一个私生子,译者故意不译的。其实这样的一部并不很长的书,外国也不至于分印成两本。但是,即此一端,也很可以看出当时中国对于婚姻的见解了。

这时新的才子+佳人小说便又流行起来,但佳人已是良家女子了,和才子相悦相恋,分拆不开,柳阴花下,像一对胡蝶,一双鸳鸯一样,但有时因为严亲,或者因为薄命,也竟至于偶见悲剧的结局,不再都成神仙了,——这实在不能不说是一个大进步。到了近来是在制造兼可擦脸的牙粉了的天虚我生先生所编的月刊杂志《眉语》[15]出现的时候,是这鸳鸯胡蝶式文学[16]的极盛时期。后来《眉语》虽遭禁止,势力却并不消退,直待《新青年》[17]盛行起来,这才受了打击。这时有伊孛生的剧本的绍介[18]和胡适之先生的《终身大事》[19]的别一形式的出现,虽然并不是故意的,然而鸳鸯胡蝶派作为命根的那婚姻问题,却也因此而诺拉(Nora)似的跑掉了。

这后来,就有新才子派的创造社[20]的出现。创造社是尊贵天才的,为艺术而艺术的,专重自我的,崇创作,恶翻译,尤其憎恶重译的,与同时上海的文学研究会[21]相对立。那出马的第一个广告[22]上,说有人"垄断"着文坛,就是指着文学研究会。文学研究会却也正相反,是主张为人生的艺术的,是一面创作,一面也看重翻译的,是注意于绍介被压迫民族文学的,这些都是小国度,没有人懂得他们的文字,因此也几乎全都是重译的。并且因为曾经声援过《新青年》,新仇夹旧仇,所以文学研究会这时就受了三方面的攻击。一方面就是创造社,既然是天才的艺术,那么看那为人生的艺术的文学研究会自然就是多管闲事,不免有些"俗"气,而且还以为无能,所以倘被发现一处误译,有时竟至于特做一篇长长的专论[23]。一方面是留学过美国的绅士派,他们以为文艺是专给老爷太太们看的,所以主角除老爷太太之外,只配有文人,学士,艺术家,教授,小姐等等,要会说 Yes,No,这才是绅士的庄严,那时吴宓[24]先生就曾经发表过文章,说是真不懂为什么有些人竟喜欢描写下流社会。第三方面,则就是以前说过的鸳鸯胡蝶派,我不知道他们用的是什么方法,到底使书店老板将编辑《小说月报》[25]的一个文学研究会会员撤换,还出了《小说世界》[26],来流布他们的文章。这一种刊物,是到了去年才停刊的。

创造社的这一战,从表面看来,是胜利的。许多作品,既和当时的自命才子们的心情相合,加以出版者的帮助,势力雄厚起来了。势力一雄厚,就看见大商店如商务印书馆,也有创造社员的译著的出版,——这是说,郭沫若[27]和张资平两位先生的稿件。这以来,据我所记得,是创造社也不再审查商务印书馆出版物的误译之处,来作专论了。这些地方,我想,是也有些才子+流氓式的。然而,"新上海"是究竟敌不过"老上海"的,创造社员在凯歌声中,终于觉到了自己就在做自己们的出版者的商品,种种努力,在老板看来,就等于眼镜铺大玻璃窗里纸人的睒眼,不过是"以广招徕"。待到希图独立出版的时候,老板就给吃了一场官司,虽然也终于独立,说是一切书籍,大加改订,另行印刷,从新开张了,然而旧老板却还是永远用了旧版子,只是印,卖,而且年年是什么纪念的大廉价。

　　商品固然是做不下去的,独立也活不下去。创造社的人们的去路,自然是在较有希望的"革命策源地"的广东。在广东,于是也有"革命文学"这名词的出现,然而并无什么作品,在上海,则并且还没有这名词。

　　到了前年,"革命文学"这名目这才旺盛起来了,主张的是从"革命策源地"回来的几个创造社元老和若干新份子。革命文学之所以旺盛起来,自然是因为由于社会的背景,一般群众,青年有了这样的要求。当从广东开始北伐的时候,一般积极的青年都跑到实际工作去了,那时还没有什么显著的革命文学运动,到了政治环境突然改变,革命遭了挫折,阶级的分化非常显明,国民党以"清党"之名,大戮共产党及革命群众,而死剩的青年们再入于被迫压的境遇,于是革命文学在上海这才有了强烈的活动。所以这革命文学的旺盛起来,在表面上和别国不同,并非由于革命的高扬,而是因为革命的挫折;虽然其中也有些是旧文人解下指挥刀来重理笔墨的旧业,有些是几个青年被从实际工作排出,只好借此谋生,但因为实在具有社会的基础,所以在新份子里,是很有极坚实正确的人存在的。但那时的革命文学运动,据我的意见,是未经好好的计划,很有些错误之处的。例如,第一,他们对于中国社会,未曾加以细密的分析,便将在苏维埃政权之下才能运用的方法,来机械的地运用了。再则他们,尤其是成仿吾先生,将革命使一般人理解为非常可怕的事,摆着一种极左倾的凶恶的面貌,好似革命一到,一切非革命者就都得死,令人对革命只抱着恐怖。其实革命是并非教人死而是教人活的。这种令人"知道点革命的厉害",只图自己说得畅快的态度,也还是中了才子+流氓的毒。

激烈得快的,也平和得快,甚至于也颓废得快。倘在文人,他总有一番辩护自己的变化的理由,引经据典。譬如说,要人帮忙时候用克鲁巴金的互助论,要和人争闹的时候就用达尔文的生存竞争说。无论古今,凡是没有一定的理论,或主张的变化并无线索可寻,而随时拿了各种各派的理论来作武器的人,都可以称之为流氓。例如上海的流氓,看见一男一女的乡下人在走路,他就说,"喂,你们这样子,有伤风化,你们犯了法了!"他用的是中国法。倘看见一个乡下人在路旁小便呢,他就说,"喂,这是不准的,你犯了法,该捉到捕房去!"

这时所用的又是外国法。但结果是无所谓法不法，只要被他敲去了几个钱就都完事。

在中国，去年的革命文学者和前年很有点不同了。这固然由于境遇的改变，但有些"革命文学者"的本身里，还藏着容易犯到的病根。"革命"和"文学"，若断若续，好像两只靠近的船，一只是"革命"，一只是"文学"，而作者的每一只脚就站在每一只船上面。当环境较好的时候，作者就在革命这一只船上踏得重一点，分明是革命者，待到革命一被压迫，则在文学的船上踏得重一点，他变了不过是文学家了。所以前年的主张十分激烈，以为凡非革命文学，统得扫荡的人，去年却记得了列宁爱看冈却罗夫（I. A. Gontcharov）[28]的作品的故事，觉得非革命文学，意义倒也十分深长；还有最彻底的革命文学家叶灵凤先生，他描写革命家，彻底到每次上茅厕时候都用我的《呐喊》去揩屁股[29]，现在却竟会莫名其妙的跟在所谓民族主义文学家屁股后面了。

类似的例，还可以举出向培良[30]先生来。在革命渐渐高扬的时候，他是很革命的；他在先前，还曾经说，青年人不但嗥叫，还要露出狼牙来。这自然也不坏，但也应该小心，因为狼是狗的祖宗，一到被人驯服的时候，是就要变而为狗的。向培良先生现在在提倡人类的艺术了，他反对有阶级的艺术的存在，而在人类中分出好人和坏人来，这艺术是"好坏斗争"的武器。狗也是将人分为两种的，豢养它的主人之类是好人，别的穷人和乞丐在它的眼里就是坏人，不是叫，便是咬。然而这也还不算坏，因为究竟还有一点野性，如果再一变而为吧儿狗，好像不管闲事，而其实在给主子尽职，那就正如现在的自称不问俗事的为艺术而艺术的名人们一样，只好去点缀大学教室了。

这样的翻着筋斗的小资产阶级，即使是在做革命文学家，写着革命文学的时候，也最容易将革命写歪；写歪了，反于革命有害，所以他们的转变，是毫不足惜的。当革命文学的运动勃兴时，许多小资产阶级的文学家忽然变过来了，那时用来解释这现象的，是突变之说。但我们知道，所谓突变者，是说 A 要变 B，几个条件已经完备，而独缺其一的时候，这一个条件一出现，于是就变成了 B。譬如水的结冰，温度须到零点，同时又须有空气的振动，倘没有这，则即便到了零点，也还是不结冰，这时空气一振动，这才突变而为冰了。所以外面虽然好像突变，其实是并非突然的事。倘没有应具的条件的，那就是即使自说已变，实际上却并没有变，所以有些忽然一天晚上自称突变过来的小资产阶级革命文学家，不久就又突变回去了。

去年左翼作家联盟在上海的成立，是一件重要的事实。因为这时已经输入了蒲力汗诺夫，卢那卡尔斯基等的理论，给大家能够互相切磋，更加坚实而有力，但也正因为更加坚实而有力了，就受到世界上古今所少有的压迫和摧残，因为有了这样的压迫和摧残，就使那时以为左翼文学将大出风头，作家就要吃劳动者供献上来的黄油面包了的所谓革命文学家立刻现出原形，有的写悔过书，有的是反转来攻击左联，以显出他今年的见识又进了一步。这虽然并非左联直接的自动，然而也是一种扫荡，这些作者，是无论变与不变，总写不出好的作品来的。

　　但现存的左翼作家，能写出好的无产阶级文学来么？我想，也很难。这是因为现在的左翼作家还都是读书人——智识阶级，他们要写出革命的实际来，是很不容易的缘故。日本的厨川白村（H. Kuriyagawa）曾经提出过一个问题，说：作家之所描写，必得是自己经验过的么？他自答道，不必，因为他能够体察。[31]所以要写偷，他不必亲自去做贼，要写通奸，他不必亲自去私通。但我以为这是因为作家生长在旧社会里，熟悉了旧社会的情形，看惯了旧社会的人物的缘故，所以他能够体察；对于和他向来没有关系的无产阶级的情形和人物，他就会无能，或者弄成错误的描写了。所以革命文学家，至少是必须和革命共同着生命，或深切地感受着革命的脉搏的。（最近左联的提出了"作家的无产阶级化"的口号，就是对于这一点的很正确的理解。）

　　在现在中国这样的社会中，最容易希望出现的，是反叛的小资产阶级的反抗的，或暴露的作品。因为他生长在这正在灭亡着的阶级中，所以他有甚深的了解，甚大的憎恶，而向这刺下去的刀也最为致命与有力。固然，有些貌似革命的作品，也并非要将本阶级或资产阶级推翻，倒在憎恨或失望于他们的不能改良，不能较长久的保持地位，所以从无产阶级的见地看来，不过是"兄弟阋于墙"，两方一样是敌对。但是，那结果，却也能在革命的潮流中，成为一粒泡沫的。对于这些的作品，我以为实在无须称之为无产阶级文学，作者也无须为了将来的名誉起见，自称为无产阶级的作家的。

但是，虽是仅仅攻击旧社会的作品，倘若知不清缺点，看不透病根，也就于革命有害，但可惜的是现在的作家，连革命的作家和批评家，也往往不能，或不敢正视现社会，知道它的底细，尤其是认为敌人的底细。随手举一个例罢，先前的《列宁青年》[32]上，有一篇评论中国文学界的文章，将这分为三派，首先是创造社，作为无产阶级文学派，讲得很长，其次是语丝社，作为小资产阶级文学派，可就说得短了，第三是新月社，作为资产阶级文学派，却说得更短，到不了一页。这就在表明：这位青年批评家对于愈认为敌人的，就愈是无话可说，也就是愈没有细看。自然，我们看书，倘看反对的东西，总不如看同派的东西的舒服，爽快，有益；但倘是一个战斗者，我以为，在了解革命和敌人上，倒是必须更多的去解剖当面的敌人的。要写文学作品也一样，不但应该知道革命的实际，也必须深知敌人的情形，现在的各方面的状况，再去断定革命的前途。惟有明白旧的，看到新的，了解过去，推断将来，我们的文学的发展才有希望。我想，这是在现在环境下的作家，只要努力，还可以做得到的。

在现在，如先前所说，文艺是在受着少有的压迫与摧残，广泛地现出了饥馑状态。文艺不但是革命的，连那略带些不平色彩的，不但是指摘现状的，连那些攻击旧来积弊的，也往往就受迫害。这情形，即在说明至今为止的统治阶级的革命，不过是争夺一把旧椅子。去推的时候，好像这椅子很可恨，一夺到手，就又觉得是宝贝了，而同时也自觉了自己正和这"旧的"一气。二十多年前，都说朱元璋（明太祖）[33]是民族的革命者,其实是并不然的,他做了皇帝以后,称蒙古朝为"大元",杀汉人比蒙古人还利害。奴才做了主人,是决不肯废去"老爷"的称呼的,他的摆架子,恐怕比他的主人还十足,还可笑。这正如上海的工人赚了几文钱,开起小小的工厂来,对付工人反而凶到绝顶一样。

在一部旧的笔记小说——我忘了它的书名了——上,曾经载有一个故事,说明朝有一个武官叫说书人讲故事,他便对他讲檀道济——晋朝的一个将军,讲完之后,那武官就吩咐打说书人一顿,人问他什么缘故,他说道:"他既然对我讲檀道济,那么,对檀道济是一定去讲我的了。"[34]现在的统治者也神经衰弱到像这武官一样,什么他都怕,因而在出版界上也布置了比先前更进步的流氓,令人看不出流氓的形式而却用着更厉害的流氓手段:用广告,用诬陷,用恐吓;甚至于有几个文学者还拜了流氓做老子[35],以图得到安稳和利益。因此革命的文学者,就不但应该留心迎面的敌人,还必须防备自己一面的三翻四复的暗探了,较之简单地用着文艺的斗争,就非常费力,而因此也就影响到文艺上面来。

现在上海虽然还出版着一大堆的所谓文艺杂志,其实却等于空虚。以营业为目的的书店所出的东西,因为怕遭殃,就竭力选些不关痛痒的文章,如说"命固不可以不革,而亦不可以太革"之类,那特色是在令人从头看到末尾,终于等于不看。至于官办的,或对官场去凑趣的杂志呢,作者又都是乌合之众,共同的目的只在捞几文稿费,什么"英国维多利亚朝的文学"呀,"论刘易士得到诺贝尔奖金"呀,连自己也并不相信所发的议论，连自己也并不看重所做的文章。所以，我说，现在上海所出的文艺杂志都等于空虚，革命者的文艺固然被压迫了，而压迫者所办的文艺杂志上也没有什么文艺可见。然而，压迫者当真没有文艺么？有是有的，不过并非这些，而是通电，告示，新闻，民族主义的"文学"〔36〕，法官的判词等。例如前几天，《申报》上就记着一个女人控诉她的丈夫强迫鸡奸并殴打得皮肤上成了青伤的事，而法官的判词却道，法律上并无禁止丈夫鸡奸妻子的明文，而皮肤打得发青，也并不算毁损了生理的机能，所以那控诉就不能成立。现在是那男人反在控诉他的女人的"诬告"了。法律我不知道，至于生理学，却学过一点，皮肤被打得发青，肺，肝，或肠胃的生理的机能固然不至于毁损，然而发青之处的皮肤的生理的机能却是毁损了的。这在中国的现在，虽然常常遇见，不算什么稀奇事，但我以为这就已经能够很明白的知道社会上的一部分现象，胜于一篇平凡的小说或长诗了。

除以上所说之外，那所谓民族主义文学，和闹得已经很久了的武侠小说之类，是也还应该详细解剖的。但现在时间已经不够，只得待将来有机会再讲了。今天就这样为止罢。

\*　　　\*　　　\*

〔1〕　本篇最初发表于1931年7月27日和8月3日上海《文艺新闻》第二十期和二十一期，收入本书时，作者曾略加修改。据鲁迅日记，讲演日期应是1931年7月20日，副标题所记8月12日有误。

〔2〕　《申报》　中国近代历史最久的综合性报纸，1872年（清同

治十一年)4月30日由英商创办于上海,1909年后几度易主,至1949年5月26日停刊。该报最初的内容,除国内外新闻记事外,还刊载一些竹枝词、俗语、灯谜、诗文唱和等;这类作品的撰稿者多为当时所谓"才子"之类。

〔3〕 《红楼梦》 长篇小说,清代曹雪芹著。通行本为一百二十回,后四十回一般认为是高鹗续作。古今体诗,古体诗和今体诗。格律严格的律诗、绝句、排律等,形成于唐代,唐代人称之为今体诗(或近体诗);而对产生较早,格律较自由的古诗、古风,则称为古体诗。后人也沿用这一称呼。

〔4〕 道不行,乘桴浮于海 语出《论语·公冶长》。意思是如果自己的学说得不到国君的理解和重视,就乘小船到海上漂流。

〔5〕 《儒林外史》 长篇小说,清代吴敬梓著,共五十五回。书中对科举制度和封建礼教多有讽刺。

〔6〕 《三宝太监西洋记》 即《三宝太监西洋记通俗演义》,明代罗懋登著,共二十卷,一百回。

〔7〕 《快心编》 清末较流行的通俗小说之一,署名天花才子编辑,四桔居士评点,共三集,三十二回。

〔8〕 《点石斋画报》 旬刊,附属于《申报》发行的一种石印画报,1884年创刊,1898年停刊。由申报馆附设的点石斋石印书局出版,吴友如主编。后来吴友如把他在该刊所发表的作品汇辑出版,分订成册,题为《吴友如墨宝》。吴友如(?—约1893),名猷(又作嘉猷),字友如,江苏元和(今吴县)人,清末画家。

〔9〕 绣像 指明清以来通俗小说卷头的书中人物的白描画像。

〔10〕 叶灵凤(1904—1975) 江苏南京人,作家、画家。曾参加创造社。1926年至1927年初,他在上海办《幻洲》半月刊,宣扬"新流

氓主义"。

〔11〕 "浮世绘"　日本德川幕府时代（1603—1867）的一种民间版画，题材多取自下层市民社会的生活。十八世纪末期逐渐衰落。

〔12〕 "拆梢"　即敲诈；"揩油"，指对妇女的猥亵行为；"吊膀子"，即勾引妇女。这些都是上海方言。

〔13〕 《迦茵小传》　英国哈葛德所作长篇小说。该书最初有署名蟠溪子（杨紫麟）的译文，仅为原著的下半部，1903年上海文明书局出版，当时流行很广。后由林琴南根据魏易口述，译出全文，1905年商务印书馆出版。

〔14〕 林琴南（1852—1924）　名纾，号畏庐，福建闽侯（今属福州）人，翻译家。他曾据别人口述，以文言翻译欧美文学作品一百多种，在当时影响很大，后集为《林译小说》。他晚年是反对五四新文化运动的守旧派代表人物。先译者的大骂，当指寅半生作《读迦因小传两译本书后》一文（载1906年杭州出版的《游戏世界》第十一期），其中说："蟠溪子不知几费踌躇，几费斟酌，始将有孕一节为迦因隐去。……不意有林畏庐者，不知与迦因何仇，凡蟠溪子百计所弥缝而曲为迦因讳者，必欲另补之以彰其丑。……呜呼！迦因何幸而得蟠溪子为之讳其短而显其长，而使读迦因小传者咸神往于迦因也；迦因何不幸而复得林畏庐为之暴其行而贡其丑，而使读迦因小传者咸轻薄夫迦因也。"寅半生（1865—？），原名钟骏文，浙江萧山人，当时为《游戏世界》编辑。

〔15〕 天虚我生　即陈蝶仙（1878—1940），原名寿同，字蝶仙，别署天虚我生，浙江钱塘人，鸳鸯蝴蝶派作家。九一八事变后，在国人抵制日货声中，他经营的家庭工业社制造了取代日本"金钢石"牙粉的"无敌牌"牙粉，因盛销各地而致富。按天虚我生曾于1920年编辑《申报·自由谈》，不是《眉语》主编。《眉语》，鸳鸯蝴蝶派的月刊，高剑华主编，

1914年10月创刊,1916年出至第十八期停刊。

〔16〕 鸳鸯胡蝶式文学　指鸳鸯蝴蝶派作品,多用文言文描写才子佳人的爱情故事,故有"鸳鸯蝴蝶"的喻称。鸳鸯蝴蝶派兴起于清末民初,先后办过《小说时报》、《民权素》、《小说丛报》、《礼拜六》等刊物;因《礼拜六》影响较大,故又称礼拜六派。代表作家有包天笑、陈蝶仙、徐枕亚、周瘦鹃、张恨水等。

〔17〕 《新青年》　综合性月刊。"五四"时期倡导新文化运动、传播马克思主义的重要刊物。1915年9月创刊于上海,由陈独秀主编。第一卷名《青年杂志》,第二卷起改名《新青年》。从1918年1月起,李大钊等参加该刊编辑工作。1922年7月休刊。

〔18〕 伊孛生(H. Ibsen,1828—1906)　通译易卜生,挪威剧作家。他的作品批判资产阶级社会的虚伪、庸俗,提出婚姻、家庭和社会的改革问题。剧本有《玩偶之家》、《国民公敌》等。《玩偶之家》写娜拉(诺拉)不甘做丈夫的玩偶而离家出走的故事,"五四"时期译成中文并上演,产生较大影响。其他主要剧作也曾在当时译成中文,《新青年》第四卷第六号(1918年6月)曾出版介绍他生平、思想及作品的专号。

〔19〕 《终身大事》　以婚姻问题为题材的剧本,发表于《新青年》第六卷第三号(1919年3月)。胡适之(1891—1962),名适,字适之,安徽绩溪人。他在"五四"时期是新文化运动的代表人物之一。

〔20〕 创造社　文学团体,1921年6月成立于东京。主要成员有郭沫若、郁达夫、成仿吾等。它初期的文学倾向是浪漫主义,带有反帝、反封建的色彩。第一次国内革命战争期间,郭沫若、成仿吾等先后参加革命实际工作。1927年该社倡导无产阶级革命文学运动,同时增加了冯乃超、彭康、李初梨等从国外回来的新成员。1928年,创造社和另一提倡无产阶级文学的太阳社对鲁迅的批评和鲁迅对他们的反驳,形成

了一次以革命文学问题为中心的论争。1929年2月,该社被国民党封闭。它曾先后编辑出版《创造》(季刊)、《创造周报》、《创造日》、《洪水》、《创造月刊》、《文化批判》等刊物,以及《创造丛书》。

〔21〕 文学研究会 文学团体,1921年1月成立于北京,由沈雁冰、郑振铎、叶绍钧等十二人发起,主张"为人生的艺术",提倡现实主义的为改造社会服务的新文学,反对把文学当作游戏或消遣品。同时着力介绍俄国和东欧、北欧及其他"弱小民族"的文学作品。该会当时的活动,对于中国新文学运动,曾起了很大的推动作用。编有《小说月报》、《文学旬刊》、《文学周报》、《诗》和《文学研究会丛书》多种。鲁迅是这个文学团体的支持者。

〔22〕 创造社"出马的第一个广告",指《创造》季刊的出版广告,载于1921年9月29日《时事新报》,其中有"自文化运动发生后,我国新文艺为一、二偶像所垄断"等话。

〔23〕 这里说的批评误译的专论,指成仿吾在《创造季刊》第二卷第一期(1923年5月)发表的《"雅典主义"》的文章。它对佩韦(沈雁冰)的《今年纪念的几个文学家》(载1922年12月《小说月报》)一文中将无神论(Atheism)误译为"雅典主义"加以批评。

〔24〕 吴宓(1894—1978) 字雨僧,陕西泾阳人。曾留学美国,后任东南大学教授。1921年他同梅光迪、胡先骕等人创办《学衡》杂志,提倡复古主义。

〔25〕 《小说月报》 1910年(清宣统二年)创刊于上海,商务印书馆出版,开始由王蕴章、恽铁樵先后主编,是礼拜六派的主要刊物之一。1921年1月第十二卷第一期起,由沈雁冰主编,内容大加改革,因此遭到礼拜六派的攻击。1923年1月第十四卷起改由郑振铎主编。1931年12月出至第二十二卷第十二期,因侵华日军炸毁商务印书馆而

停刊。

〔26〕 《小说世界》 周刊,鸳鸯蝴蝶派为对抗革新后的《小说月报》创办的刊物,叶劲风主编。1923年1月创刊于上海,商务印书馆出版。1929年12月停刊。

〔27〕 郭沫若(1892—1978) 四川乐山人,文学家、历史学家和社会活动家。早年从事革命文化活动,是创造社的主要发起人。1926年投身北伐战争,1927年参加八一南昌起义,失败后旅居日本,从事中国古代史和古文字学的研究。抗日战争爆发后回国,在中国共产党领导下,组织和团结国统区进步文化人士从事抗日和民主运动。主要文学作品有诗集《女神》、历史剧《屈原》等。

〔28〕 冈却罗夫(И. А. Гончаров,1812—1891) 通译冈察洛夫,俄国作家。著有长篇小说《奥勃洛摩夫》等。列宁在《论苏维埃共和国的国内外形势》等文中曾多次提到奥勃洛摩夫这个艺术形象。

〔29〕 指叶灵凤的小说《穷愁的自传》,载《现代小说》第三卷第二期(1929年11月)。小说中的主角魏日青说:"照着老例,起身后我便将十二枚铜元从旧货摊上买来的一册《呐喊》撕下三页到露台上去大便。"

〔30〕 向培良(1905—1959) 湖南黔阳人,狂飙社主要成员之一。他在《狂飙》第五期(1926年11月)《论孤独者》一文中曾说:青年们"愤怒而且嗥叫,像一个被追逐的狼,回过头来,露出牙……。"1929年他在上海主编《青春月刊》,提倡"民族主义文学"及"人类底艺术"。所著《人类的艺术》一书,1930年5月由国民党南京拔提书店出版。

〔31〕 厨川白村的这些话,见于他所作《苦闷的象征》第三部分中的《短篇〈项链〉》一节。

〔32〕 《列宁青年》 中国共产主义青年团的机关刊物。1923年

10月在上海创刊,原名《中国青年》,1927年11月改为《无产青年》,1928年10月又改为《列宁青年》,1932年停刊。这里所说的文章,指载于该刊第一卷第十一期(1929年3月)得钊的《一年来中国文艺界述评》。

〔33〕 朱元璋(1328—1398) 濠州钟离(今安徽凤阳)人,元末农民起义军领袖之一,明朝第一个皇帝。辛亥革命前夕,同盟会机关报《民报》上曾登过他的画像,称他为"中国大民族革命伟人"、"中国革命之英雄"。

〔34〕 按这里说的檀道济当为韩信,见宋代江少虞著《事实类苑》:"党进不识文字,……过市,见缚栏为戏者,驻马问汝所诵何言。优者曰:'说韩信。'进大怒曰:'汝对我说韩信,见韩信即当说我;此三面两头之人。'即令杖之。"

〔35〕 拜了流氓做老子 指和上海流氓帮口头子有勾结,并拜他们做师父和干爹的所谓"文学家"。

〔36〕 民族主义的"文学" 当时由国民党当局策划的文学运动。参看本书《"民族主义文学"的任务和运命》及其注〔2〕。

# 一八艺社习作展览会小引[1]

现在有自以为大有见识的人,在说"为人类的艺术"[2]。然而这样的艺术,在现在的社会里,是断断没有的。看罢,这便是在说"为人类的艺术"的人,也已将人类分为对的和错的,或好的和坏的,而将所谓错的或坏的加以叫咬了。

所以,现在的艺术,总要一面得到蔑视,冷遇,迫害,而一面得到同情,拥护,支持。

一八艺社[3]也将逃不出这例子。因为它在这旧社会里,是新的,年青的,前进的。

中国近来其实也没有什么艺术家。号称"艺术家"者,他们的得名,与其说在艺术,倒是在他们的履历和作品的题目——故意题得香艳,漂渺,古怪,雄深。连骗带吓,令人觉得似乎了不得。然而时代是在不息地进行,现在新的,年青的,没有名的作家的作品站在这里了,以清醒的意识和坚强的努力,在榛莽中露出了日见生长的健壮的新芽。

自然,这,是很幼小的。但是,惟其幼小,所以希望就正在这一面。

我的话,也就是只对这一面说的,如上。

一九三一年五月二十二日。

＊　　＊　　＊　　＊

〔1〕 本篇最初发表于1931年6月15日《文艺新闻》第十四期。

〔2〕 "为人类的艺术" 参看本书第130页注〔30〕。

〔3〕 一八艺社　1929年(民国十八年)由杭州艺术专科学校部分学生组成的一个木刻艺术团体。该社部分成员在上海从事艺术活动时,曾得到鲁迅的指导和帮助。

# 答文艺新闻社问[1]

## ——日本占领东三省的意义

这在一面,是日本帝国主义在"膺惩"[2]他的仆役——中国军阀,也就是"膺惩"中国民众,因为中国民众又是军阀的奴隶;在另一面,是进攻苏联的开头,是要使世界的劳苦群众,永受奴隶的苦楚的方针的第一步。

九月二十一日。

\* \* \*

〔1〕 本篇最初发表于1931年9月28日《文艺新闻》第二十九期。

《文艺新闻》,周刊,"左联"所领导的刊物之一。袁殊、楼适夷编辑。1931年3月在上海创刊,1932年6月停刊。九一八事变后,该刊向上海文化界一些著名人士征询对这一事变的看法,鲁迅作了这个答复。

〔2〕 "膺惩" 日本军阀发动九一八事变后,把他们对中国的侵略行径说成是"膺惩"。

# "民族主义文学"的任务和运命[1]

## 一

殖民政策是一定保护,养育流氓的。从帝国主义的眼睛看来,惟有他们是最要紧的奴才,有用的鹰犬,能尽殖民地人民非尽不可的任务:一面靠着帝国主义的暴力,一面利用本国的传统之力,以除去"害群之马",不安本分的"莠民"。所以,这流氓,是殖民地上的洋大人的宠儿,——不,宠犬,其地位虽在主人之下,但总在别的被统治者之上的。

上海当然也不会不在这例子里。巡警不进帮,小贩虽自有小资本,但倘不另寻一个流氓来做债主,付以重利,就很难立足。到去年,在文艺界上,竟也出现了"拜老头"的"文学家"。

但这不过是一个最露骨的事实。其实是,即使并非帮友,他们所谓"文艺家"的许多人,是一向在尽"宠犬"的职分的,虽然所标的口号,种种不同,艺术至上主义呀,国粹主义呀,民族主义呀,为人类的艺术呀,但这仅如巡警手里拿着前膛枪或后膛枪,来福枪,毛瑟枪的不同,那终极的目的却只一个:就是打死反帝国主义即反政府,亦即"反革命",或仅有些不平的人民。

那些宠犬派文学之中,锣鼓敲得最起劲的,是所谓"民族主义文学"[2]。但比起侦探,巡捕,刽子手们的显著的勋劳来,却还有很多的逊色。这缘故,就因为他们还只在叫,未行直接的咬,而且大抵没有流氓的剽悍,不过是飘飘荡荡的流尸。然而这又正是"民族主义文学"的特色,所以保持其"宠"的。

翻一本他们的刊物来看罢,先前标榜过各种主义的各种人,居然凑合在一起了。这是"民族主义"的巨人的手,将他们抓过来的么?并不,这些原是上海滩上久已沉沉浮浮的流尸,本来散见于各处的,但经风浪一吹,就漂集一处,形成一个堆积,又因为各个本身的腐烂,就发出较浓厚的恶臭来了。

这"叫"和"恶臭"有能够较为远闻的特色,于帝国主义是有益的,这叫做"为王前驱"[3],所以流尸文学仍将与流氓政治同在。

## 二

但上文所说的风浪是什么呢?这是因无产阶级的勃兴而卷起的小风浪。先前的有些所谓文艺家,本未尝没有半意识的或无意识的觉得自身的溃败,于是就自欺欺人的用种种美名来掩饰,曰高逸,曰放达(用新式话来说就是"颓废"),画的是裸女,静物,死,写的是花月,圣地,失眠,酒,女人。一到旧社会的崩溃愈加分明,阶级的斗争愈加锋利的时候,他们也就看见了自己的死敌,将创造新的文化,一扫旧来的污秽的无产阶级,并且觉到了自己就是这污秽,将与在上的统治者同其运命,于是就必然漂集于为帝国主义所宰制的民族中的顺民所竖起的"民族主义文学"的旗帜之下,来和主人一同做一回最后的挣扎了。

所以,虽然是杂碎的流尸,那目标却是同一的:和主人一样,用一切手段,来压迫无产阶级,以苟延残喘。不过究竟是杂碎,而且多带着先前剩下的皮毛,所以自从发出宣言以来,看不见一点鲜明的作品,宣言[4]是一小群杂碎胡乱凑成的杂碎,不足为据的。

但在《前锋月刊》[5]第五号上,却给了我们一篇明白的作品,据编辑者说,这是"参加讨伐阎冯军事[6]的实际描写"。描写军事的小说并不足奇,奇特的是这位"青年军人"的作者所自述的在战场上的心绪,这是"民族主义文学家"的自画像,极有郑重引用的价值的——

> "每天晚上站在那闪烁的群星之下,手里执着马枪,耳中听着虫鸣,四周飞动着无数的蚊子,那样都使人想到法国'客军'在菲洲沙漠里与阿剌伯人争斗流血的生活。"(黄震遐:《陇海线上》)

原来中国军阀的混战,从"青年军人",从"民族主义文学者"看来,是并非驱同国人民互相残杀,却是外国人在打别一外国人,两个国度,两个民族,在战地上一到夜里,自己就飘飘然觉得皮色变白,鼻梁加高,成为腊丁民族[7]的战士,站在野蛮的菲洲了。那就无怪乎看得周围的老百姓都是敌人,要一个一个的打死。法国人对于菲洲的阿剌伯人,就民族主义而论,原是不必爱惜的。仅仅这一节,大一点,则说明了中国军阀为什么做了帝国主义的爪牙,来毒害屠杀中国的人民,那是因为他们自己以为是"法国的客军"的缘故;小一点,就说明中国的"民族主义文学家"根本上只同外国主子休戚相关,为什么倒称"民族主义",来朦混读者,那是因为他们自己觉得有时好像腊丁民族,条顿民族[8]了的缘故。

## 三

黄震遐先生写得如此坦白,所说的心境当然是真实的,不过据他小说中所显示的智识推测起来,却还有并非不知而故意不说的一点讳饰。这,是他将"法国的安南兵"含糊的改作"法国的客军"了,因此就较远于"实际描写",而且也招来了上节所说的是非。

但作者是聪明的,他听过"友人傅彦长君平时许多谈论……许多地方不可讳地是受了他的熏陶"[9],并且考据中外史传之后,接着又写了一篇较切"民族主义"这个题目的剧诗,这回不用法兰西人了,是《黄人之血》(《前锋月刊》七号)。

这剧诗的事迹,是黄色人种的西征,主将是成吉思汗的孙子拔都[10]元帅,真正的黄色种。所征的是欧洲,其实专在斡罗斯(俄罗斯)——这是作者的目标;联军的构成是汉,鞑靼,女真,契丹[11]人——这是作者的计划;一路胜下去,可惜后来四种人不知"友谊"的要紧和"团结的力量",自相残杀,竟为白种武士所乘了——这是作者的讽喻,也是作者的悲哀。

但我们且看这黄色军的威猛和恶辣罢——

..........

恐怖呀,煎着尸体的沸油;

可怕呀,遍地的腐骸如何凶丑;

死神捉着白姑娘拚命地搂;

美人蜂首变成狞猛的髑髅;

野兽般的生番在故宫里蛮争恶斗;

十字军战士的脸上充满了哀愁;

千年的棺材泄出它凶秽的恶臭;

铁蹄践着断骨,骆驼的鸣声变成怪吼;

上帝已逃,魔鬼扬起了火鞭复仇;

黄祸来了!黄祸来了!

亚细亚勇士们张大吃人的血口。

这德皇威廉因为要鼓吹"德国德国,高于一切"而大叫的"黄祸"[12],这一张"亚细亚勇士们张大"的"吃人的血口",我们的诗人却是对着"斡罗斯",就是现在无产者专政的第一个国度,以消灭无产阶级的模范——这是"民族主义文学"的目标;但究竟因为是殖民地顺民的"民族主义文学",所以我们的诗人所奉为首领的,是蒙古人拔都,不是中华人赵构[13],张开"吃人的血口"的是"亚细亚勇士们",不是中国勇士们,所希望的是拔都的统驭之下的"友谊",不是各民族间的平等的友爱——这就是露骨的所谓"民族主义文学"的特色,但也是青年军人的作者的悲哀。

## 四

　　拔都死了；在亚细亚的黄人中，现在可以拟为那时的蒙古的只有一个日本。日本的勇士们虽然也痛恨苏俄，但也不爱抚中华的勇士，大唱"日支亲善"虽然也和主张"友谊"一致，但事实又和口头不符，从中国"民族主义文学者"的立场上，在已觉得悲哀，对他加以讽喻，原是势所必至，不足诧异的。

　　果然，诗人的悲哀的豫感好像证实了，而且还坏得远。当"扬起火鞭"焚烧"斡罗斯"将要开头的时候，就像拔都那时的结局一样，朝鲜人乱杀中国人[14]，日本人"张大吃人的血口"，吞了东三省了。莫非他们因为未受傅彦长先生的熏陶，不知"团结的力量"之重要，竟将中国的"勇士们"也看成菲洲的阿剌伯人了吗？！

## 五

　　这实在是一个大打击。军人的作者还未喊出他勇壮的声音，我们现在所看见的是"民族主义"旗下的报章上所载的小勇士们的愤激和绝望。这也是势所必至，无足诧异的。理想和现实本来易于冲突，理想时已经含了悲哀，现实起来当然就会绝望。于是小勇士们要打仗了——

　　　　战啊，下个最后的决心，
　　　　杀尽我们的敌人，

你看敌人的枪炮都响了,

快上前,把我们的肉体筑一座长城。

雷电在头上咆哮,

浪涛在脚下吼叫,

热血在心头燃烧,

我们向前线奔跑。

　　(苏凤:《战歌》。《民国日报》载。)

去,战场上去,

我们的热血在沸腾,

我们的肉身好像疯人,

我们去把热血锈住贼子的枪头,

我们去把肉身塞住仇人的炮口。

去,战场上去,

凭着我们一股勇气,

凭着我们一点纯爱的精灵,

去把仇人驱逐,

不,去把仇人杀尽。

　　(甘豫庆:《去上战场去》。《申报》载。)

同胞,醒起来罢,

踢开了弱者的心,

踢开了弱者的脑。

看,看,看,

看同胞们的血喷出来了,

看同胞们的肉割开来了,

看同胞们的尸体挂起来了。

（邵冠华:《醒起来罢同胞》。同上。）

这些诗里很明显的是作者都知道没有武器,所以只好用"肉体",用"纯爱的精灵",用"尸体"。这正是《黄人之血》的作者的先前的悲哀,而所以要追随拔都元帅之后,主张"友谊"的缘故。武器是主子那里买来的,无产者已都是自己的敌人,倘主子又不 Y6.5 谅其衷,要加以"惩膺",那么,惟一的路也实在只有一个死了——

我们是初训练的一队,

有坚卓的志愿,

有沸腾的热血,

来扫除强暴的歹类。

同胞们,亲爱的同胞们,

快起来准备去战,

快起来奋斗,

战死是我们生路。

（沙珊:《学生军》。同上。）

天在啸,

地在震,

人在冲,兽在吼,

宇宙间的一切在咆哮,

朋友哟,

准备着我们的头颅去给敌人砍掉。

（徐之津:《伟大的死》。同上。）

一群是发扬踔厉,一群是慷慨悲歌,写写固然无妨,但倘若真要这样,却未免太不懂得"民族主义文学"的精义了,然而,却也尽了"民族主义文学"的任务。

## 六

《前锋月刊》上用大号字题目的《黄人之血》的作者黄震遐诗人,不是早已告诉我们过理想的元帅拔都了吗?这诗人受过傅彦长先生的熏陶,查过中外的史传,还知道"中世纪的东欧是三种思想的冲突点"〔15〕,岂就会偏不知道赵家末叶的中国,是蒙古人的淫掠场?拔都元帅的祖父成吉思皇帝侵入中国时,所至淫掠妇女,焚烧庐舍,到山东曲阜看见孔老二先生像,元兵也要指着骂道:"说'夷狄之有君,不如诸夏之无也'的,不就是你吗?"夹脸就给他一箭。这是宋人的笔记〔16〕里垂涕而道的,正如现在常见于报章上的流泪文章一样。黄诗人所描写的"斡罗斯"那"死神捉着白姑娘拚命地搂……"那些妙文,其实就是那时出现于中国的情形。但一到他的孙子,他们不就携手"西征"了吗?现在日本兵"东征"了东三省,正是"民族主义文学家"理想中的"西征"的第一步,"亚细亚勇士们张大吃人的血口"的开场。不过先得在中国咬一口。因为那时成吉思皇帝也像对于"斡罗斯"一样,先使中国人变成奴才,然后赶他打仗,并非用了"友谊",送柬帖来敦请的。所以,这沈阳事件,不但和"民族主义文学"毫无冲突,而且还实现了他们的理想境,倘若不明这精义,要去硬送头颅,使"亚细亚勇士"减少,那实在是很可惜的。

那么,"民族主义文学"无须有那些呜呼阿呀死死活活的调子吗?谨对曰:要有的,他们也一定有的。否则不抵抗主义,城下之盟[17],断送土地这些勾当,在沉静中就显得更加露骨。必须痛哭怒号,摩拳擦掌,令人被这扰攘嘈杂所惑乱,闻悲歌而泪垂,听壮歌而愤泄,于是那"东征"即"西征"的第一步,也就悄悄的隐隐的跨过去了。落葬的行列里有悲哀的哭声,有壮大的军乐,那任务是在送死人埋入土中,用热闹来掩过了这"死",给大家接着就得到"忘却"。现在"民族主义文学"的发扬踔厉,或慷慨悲歌的文章,便是正在尽着同一的任务的。

但这之后,"民族主义文学者"也就更加接近了他的哀愁。因为有一个问题,更加临近,就是将来主子是否不至于再蹈拔都元帅的覆辙,肯信用而且优待忠勇的奴才,不,勇士们呢?这实在是一个很要紧,很可怕的问题,是主子和奴才能否"同存共荣"的大关键。

历史告诉我们:不能的。这,正如连"民族主义文学者"也已经知道一样,不会有这一回事。他们将只尽些送丧的任务,永含着恋主的哀愁,须到无产阶级革命的风涛怒吼起来,刷洗山河的时候,这才能脱出这沉滞猥劣和腐烂的运命。

\*　　\*　　\*

〔1〕 本篇最初发表于1931年10月23日上海《文学导报》第一卷第六、七期合刊。署名晏敖。

〔2〕 "民族主义文学" 1930年6月由国民党当局策划的文学运动,发起人是潘公展、范争波、朱应鹏、傅彦长、王平陵等国民党官员和文人。曾出版《前锋周报》《前锋月刊》等,鼓吹以"民族主义"为"中心意识",反对无产阶级革命文学。九一八事变后,又为蒋介石的不抵抗政策效劳。

〔3〕 "为王前驱" 语出《诗经·卫风·伯兮》,原是为王室征战充当先锋的意思。这里用来指"民族主义文学"为国民党"攘外必先安内"的反共媚日政策制造舆论,实际上也就是为日本侵略者进攻中国张目。

〔4〕 宣言 指1930年6月1日发表的《民族主义文艺运动宣言》,连载于《前锋周报》第二、三期(1930年6月29日、7月6日)。这篇"宣言",鼓吹建立所谓"文艺的中心意识",即法西斯主义的"民族意识",提出以"民族意识代替阶级意识",反对马克思主义的阶级斗争学说。它剽窃法国泰纳《艺术哲学》中的某些论点,歪曲民族形成史和民族革命史,妄谈艺术上的各种流派,内容支离破碎。

〔5〕 《前锋月刊》 "民族主义文学"的主要刊物。朱应鹏、傅彦长等编辑,1930年10月在上海创刊,1931年4月出至第七期停刊。该刊第五号所刊《陇海线上》的作者黄震遐(1907—1974),广东南海人,曾任《大晚报》记者,杭州笕桥空军学校教官,"民族主义文学"作家。

〔6〕 指蒋介石同冯玉祥、阎锡山在陇海、津浦铁路沿线进行的军阀战争。这次战争自1930年5月开始,至10月结束,双方死伤三十多万人。

〔7〕 腊丁民族 泛指拉丁语系的意大利、法兰西、西班牙、葡萄牙等国人。腊丁,通译拉丁。

〔8〕 条顿民族 泛指日耳曼语系的德国、英国、瑞士、荷兰、丹

麦、挪威等国人。条顿,公元前居住在北欧的日耳曼部落的名称。

〔9〕 这是黄震遐《写在黄人之血前面》中的话,原文说:"末了,还要申明而致其感谢之忱的,就是友人傅彦长君平时许多的谈论。傅君是认清楚历史面目的一个学者,我这篇东西虽然不能说是直接受了他的指教,但暗中却有许多地方不可讳地是受了他的熏陶"。(见1931年4月《前锋月刊》第一卷第七期)文中的傅彦长(1892—1961),湖南宁乡人,"民族主义文学"发起人之一。

〔10〕 成吉思汗(1162—1227) 名铁木真,古代蒙古族的领袖,十三世纪初统一了蒙古族各部落,建立蒙古汗国,被拥戴为王,称成吉思汗,后被尊为元太祖。他曾将蒙古汗国的版图扩展到中亚地区和南俄。后来他的继承者们征服了俄罗斯,建立钦察汗国;又灭了南宋,建立元朝。他的孙子拔都于1235年至1244年先后率军西征,侵入俄罗斯和欧洲一些国家。

〔11〕 鞑靼、女真、契丹 都是当时我国北方的民族。

〔12〕 威廉 指威廉二世(Wilhelm Ⅱ,1859—1941),德意志帝国皇帝,第一次世界大战的祸首。"黄祸",威廉二世曾于1895年绘制一幅"黄祸的素描",题词为"欧洲各国人民,保卫你们最神圣的财富!"向王公、贵族和外国的国家首脑散发;1907年又说:"'黄祸'——这是我早就认识到的一种危险。实际上创造'黄祸'这个名词的人就是我"。(见戴维斯:《我所认识的德皇》,1918年伦敦出版)按"黄祸"论兴起于十九世纪末,盛行于二十世纪初,它宣称中国、日本等东方黄种民族国家是威胁欧洲的祸害,为西方帝国主义对东方国家的侵略、奴役制造舆论。

〔13〕 赵构(1107—1187) 即宋高宗,南宋第一个皇帝。

〔14〕 九一八事变发生之前不久,由于日本帝国主义者的挑拨和

指使,平壤和汉城等地曾出现过袭击华侨的事件。

〔15〕 这是《写在黄人之血前面》中的话:"中世纪的东欧是三种思想的冲突点;这三种思想,就是希伯来、希腊和游牧民族的思想;它们是常常地混在一起,却又是不断地在那里冲突。"

〔16〕 宋人的笔记 指宋代庄季裕《鸡肋编》。该书中卷说:"靖康之后,金房侵凌中国,露居异俗,凡所经过,尽皆焚爇。如曲阜先圣旧宅,……至金寇,遂为烟尘。指其像而诟曰:'尔是言夷狄之有君者!'中原之祸,自书契以来,未之有也。"按鲁迅文中所说的元兵,当是金兵的误记。"夷狄之有君,不如诸夏之无也",语出《论语·八佾》,无,原作亡。

〔17〕 城下之盟 语出《左传》桓公十二年。指敌军兵临城下时被胁迫订立的屈辱性条约,后来常用以指投降。

# 沉滓的泛起[1]

日本占据了东三省以后的在上海一带的表示,报章上叫作"国难声中"。在这"国难声中",恰如用棍子搅了一下停滞多年的池塘,各种古的沉滓,新的沉滓,就都翻着筋斗漂上来,在水面上转一个身,来趁势显示自己的存在了。

自信现在可以说能打仗的,是要操练久不想起的洋枪了,但也有现在也不想说去打仗的,那就照欧洲大战时候的德意志帝国的例,来"头脑动员",以尽"国民一份子"的义务。有的去查《唐书》,说日本古名"倭奴";[2] 有的去翻字典,说倭是矮小之意;有的记得了文天祥,岳飞,林则徐,[3]——但自然,更积极的是新的文艺界。

先说一点另外的事罢,这叫作"和平声中"。在这样的声中,是"胡展堂先生"到了上海,据说还告诫青年,教他们要养"力"勿使"气"。[4] 灵药就有了。第二天在报上便见广告道:"胡汉民先生说,对日外交,应确定一坚强之原则,并劝勉青年须养力,毋泄气,养力就是强身,泄气就是悲观,要强身祛悲观,须先心花怒放,大笑一次。"但这样的宝贝是什么呢?是美国的一张旧影片,将探险滑稽化以博小市民一笑的《两亲家游非洲》。

至于真的"国难声中的兴奋剂"呢,那是"爱国歌舞表演"[5],自己说,"是民族性的活跃,是歌舞界的精髓,促进同胞的努力,达到最后的胜利"的。倘有知道这立奏奇功的大明星是谁么?曰:王人美,薛玲仙,黎莉莉。

然而终于"上海文艺界大团结"了。《草野》[6](六卷七号)上记着盛况道:"上海文艺界同人,平时很少联络,在严重时期,除各个参加其他团体的工作外,复由谢六逸[7],朱应鹏,徐蔚南三人发起,……集会讨论。在十月六日下午三点钟,已陆续到了东亚食堂,……略进茶点,即开始讨论,颇多发挥,……最后定名为上海文艺界救国会[8]"云。

"发挥"我们还无从知道,仅据眼前的方法看起来,是先看《两亲家游非洲》以养力,又看"爱国的歌舞表演"以兴奋,更看《日本小品文选》[9]和《艺术三家言》[10]并且略进茶点而发挥。那么,中国就得救了。

不成。这恐怕不必文学青年,就是文学小囡囡,也未必会相信。没有法子,只得再加上两个另外的好消息,就是目前的爱国文艺家所主宰的《申报》所发表出来的——

十月五日的《自由谈》里叶华女士云:"无办法之国民,如何有有办法之政府。国联绝望矣。……际兹一发千钧,全国国民宜各立所志,各尽所能,各抒所见,余也不才,谨以战犬问题商诸国人。……各犬中,要以德国警犬最称职,余极主张吾国可选择是犬作战……"

同月二十五日也是《自由谈》里"苏民自汉口寄"云:"日者寓书沪友王子仲良,间及余之病状,而以不能投身义勇军为憾。王子……竟以灵药一裹见寄,云为培生制药公司所出益金草,功能治肺痨咳血,可一试之。……余立行试服,则咳果止,兼旬而后,体气渐复,因念……一旦国家有事,吾必身列戎行,一展平生之壮志,灭此朝食,行有日矣。……"

那是连病夫也立刻可以当兵,警犬也将帮同爱国,在爱国文艺家的指导之下,真是大可乐观,要"灭此朝食"[11]了。只可惜不必是文学青年,就是文学小囡囡,也会觉得逐段看去,即使不称为"广告"的,也都不过是出卖旧货的新广告,要趁"国难声中"或"和平声中"将利益更多的榨到自己的手里的。

因为要这样,所以都得在这个时候,趁势在表面来泛一下,明星也有,文艺家也有,警犬也有,药也有……也因为趁势,泛起来就格外省力。但因为泛起来的是沉滓,沉滓又究竟不过是沉滓,所以因此一泛,他们的本相倒越加分明,而最后的运命,也还是仍旧沉下去。

十月二十九日。

\* \* \*

〔1〕 本篇最初发表于1931年12月11日上海《十字街头》第一期,署名它音。

〔2〕《唐书》 包括《旧唐书》、《新唐书》,分别为后晋刘昫等和宋代欧阳修等撰。两书的《东夷传》中都有关于"倭奴"的记载。

〔3〕 文天祥(1236—1283) 吉州吉水(今属江西)人,南宋大臣,在南方坚持抗元斗争,兵败被俘,坚贞不屈,后被杀。岳飞(1103—1142),相州汤阴(今属河南)人,南宋名将,因坚持抗击金兵而被投降派宋高宗、秦桧杀害。林则徐(1785—1850),福建闽侯(今属福州)人,清朝大臣,鸦

片战争中,积极抵抗英帝国主义的侵略,后被清政府流放新疆。

〔4〕 胡展堂(1879—1936) 名汉民,广东番禺人。早年参加同盟会,曾任广东革命政府代理大元帅,后任国民党中央政治会议主席。他同广东军阀结成粤派势力,与蒋介石的南京中央政府相对峙。1931年10月,双方打着"共赴国难"的旗号,在上海举行谈判。胡汉民于14日曾发表对时局的意见说:"学生固宜秉为民前锋之精神努力,惟宜多注意力的准备,毋专为气的发泄。"

〔5〕 "爱国歌舞表演"以及下文的引语,见1931年10月《申报·本埠增刊》连续登载的黄金大戏院的广告。

〔6〕 《草野》 原为半月刊,后改为周刊,王铁华、汤增敭编辑,自称是"文学青年的刊物"。1929年9月在上海创刊,1930年起鼓吹"民族主义文学"。作者在下文提到的"文学青年"、"文学小囝囡"都是对他们的讽刺。

〔7〕 谢六逸(1896—1945) 贵州贵阳人,文学研究会成员,当时是复旦大学教授。下文的徐蔚南(1900—1952),江苏吴县人,当时是世界书局的编辑。

〔8〕 上海文艺界救国会 "民族主义文学"派打着"抗日"、"救国"旗号组织的文艺团体,也有少数中间派人士参加,1931年10月6日在上海成立。

〔9〕 《日本小品文选》 即《近代日本小品文选》,谢六逸选译,1929年上海大江书铺出版。

〔10〕 《艺术三家言》 傅彦长、朱应鹏、张若谷合著,1927年上海良友图书公司出版。

〔11〕 "灭此朝食" 语出《左传》成公二年,是齐晋两国之战中齐侯所说的话:"余姑剪灭此而朝食。"即消灭敌人后再吃早饭的意思。

# 以 脚 报 国[1]

今年八月三十一日《申报》的《自由谈》里,又看见了署名"寄萍"的《杨缦华女士游欧杂感》,其中的一段,我觉得很有趣,就照抄在下面:

"……有一天我们到比利时一个乡村里去。许多女人争着来看我的脚。我伸起脚来给伊们看。才平服伊们好奇的疑窦。一位女人说。'我们也向来不曾见过中国人。但从小就听说中国人是有尾巴的(即辫发)。都要讨姨太太的。女人都是小脚。跑起路来一摇一摆的。如今才明白这话不确实。请原谅我们的错念。'还有一人自以为熟悉东亚情形的。带着讥笑的态度说。'中国的军阀如何专横。到处闹的是兵匪。人民过着地狱的生活。'这种似是而非的话。说了一大堆。我说'此种传说。全无根据。'同行的某君。也报以很滑稽的话。'我看你们那里会知道立国数千年的大中华民国。等我们革命成功之后。简直要把显微镜来照你们比利时呢。'就此一笑而散。"

我们的杨女士虽然用她的尊脚征服了比利时女人,为国增光,但也有两点"错念"。其一,是我们中国人的确有过尾巴(即辫发)的,缠过小脚的,讨过姨太太的,虽现在也在讨。

其二，是杨女士的脚不能代表一切中国女人的脚，正如留学的女生不能代表一切中国的女性一般。留学生大多数是家里有钱，或由政府派遣，为的是将来给家族或国家增光，贫穷和受不到教育的女人怎么能同日而语。所以，虽在现在，其实是缠着小脚，"跑起路来一摇一摆的"女人还不少。

至于困苦，那是用不着多谈，只要看同一的《申报》上，记载着多少"呼吁和平"的文电，多少募集急赈的广告，多少兵变和绑票的记事，留学外国的少爷小姐们虽然相隔太远，可以说不知道，但既然能想到用显微镜，难道就不能想到用望远镜吗？况且又何必用望远镜呢，同一的《杨缦华女士游欧杂感》里就又说：

"……据说使领馆的穷困。不自今日始。不过近几年来。有每况愈下之势。譬如逢到我国国庆或是重大纪念日。照例须招待外宾。举行盛典。意思是庆祝国运方兴。兼之联络各友邦的感情。以前使领馆必备盛宴。款待上宾。到了去年。为馆费支绌。改行茶会。以目前的形势推测。将后恐怕连茶会都开不成呢。在国际上最讲究体面的。要算日本国。他们政府行政费的预算。宁可特别节省。惟独于驻外使领馆的经费。十分充足。单就这一点来比较。我们已相形见拙了。"

使馆和领事馆是代表本国，如杨女士所说，要"庆祝国运方兴"的，而竟有"每况愈下之势"，孟子曰，"百姓不足，君孰与足？"[2]则人民的过着什么生活，也就可想而知了。然而小国比利时的女人们究竟是单纯的，终于请求了原谅，假使她们真"知道立国数千年的大中华民国"的国民,往往有自欺欺人的不治之症,那可真是没有面子了。

假如这样,又怎么办呢?我想,也还是"就此一笑而散"罢。

\*　　\*　　\*

〔1〕 本篇最初发表于1931年10月20日上海《北斗》第一卷第二期,署名冬华。

〔2〕 "百姓不足,君孰与足?" 语出《论语·颜渊》,是孔子弟子有若的话,文中作"孟子曰",系误记。

# 唐朝的钉梢[1]

上海的摩登少爷要勾搭摩登小姐,首先第一步,是追随不舍,术语谓之"钉梢"。"钉"者,坚附而不可拔也,"梢"者,末也,后也,译成文言,大约可以说是"追蹑"。据钉梢专家说,那第二步便是"扳谈";即使骂,也就大有希望,因为一骂便可有言语来往,所以也就是"扳谈"的开头。我一向以为这是现在的洋场上才有的,今看《花间集》[2],乃知道唐朝就已经有了这样的事,那里面有张泌[3]的《浣溪纱》调十首,其九云:

晚逐香车入凤城[4],东风斜揭绣帘轻,慢回娇眼笑盈盈。　消息未通何计是,便须佯醉且随行,依稀闻道"太狂生"[5]。

这分明和现代的钉梢法是一致的。倘要译成白话诗,大概可以是这样:

夜赶洋车路上飞,
东风吹起印度绸衫子,显出腿儿肥,
乱丢俏眼笑迷迷。
难以扳谈有什么法子呢?
只能带着油腔滑调且钉梢,
好像听得骂道"杀千刀!"

但恐怕在古书上,更早的也还能够发见,我极希望博学者见教,因为这是对于研究"钉梢史"的人,极有用处的。

\* \* \*

〔1〕 本篇最初发表于1931年10月20日《北斗》第一卷第二期,署名长庚。

〔2〕 《花间集》 我国晚唐五代词人作品的选集,后蜀赵崇祚编,共十卷。

〔3〕 张泌(930—?) 字子澄,淮南(治今扬州)人,五代时南唐词人。李煜时历任监察御史、中书舍人等职。《花间集》中收有他的词二十七首。

〔4〕 凤城 传说秦穆公的女儿弄玉吹箫,曾引凤凰降临,所以称她住的城为丹凤城。后来又作京城的别称。

〔5〕 "太狂生" 太轻狂的意思。生,系词尾,无意义。

# 《夏娃日记》小引[1]

玛克·土温(Mark Twain)[2]无须多说,只要一翻美国文学史,便知道他是前世纪末至现世纪初有名的幽默家(Humorist)。不但一看他的作品,要令人眉开眼笑,就是他那笔名,也含有一些滑稽之感的。

他本姓克莱门斯(Samuel Langhorne Clemens, 1835—1910),原是一个领港,在发表作品的时候,便取量水时所喊的讹音,用作了笔名。作品很为当时所欢迎,他即被看作讲笑话的好手;但到一九一六年他的遗著《The Mysterious Stranger》[3]一出版,却分明证实了他是很深的厌世思想的怀抱者了。

含着哀怨而在嬉笑,为什么会这样的?

我们知道,美国出过亚伦·坡(Edgar Allan Poe),出过霍桑(N. Hawthorne),出过惠德曼(W. Whitman),[4]都不是这么表里两样的。然而这是南北战争[5]以前的事。这之后,惠德曼先就唱不出歌来,因为这之后,美国已成了产业主义的社会,个性都得铸在一个模子里,不再能主张自我了。如果主张,就要受迫害。这时的作家之所注意,已非应该怎样发挥自己的个性,而是怎样写去,才能有人爱读,卖掉原稿,得到声名。连有名如荷惠勒(W. D. Howells)[6]的,也以为文学者的能为世间所容,是在他给人以娱乐。于是有些野性未驯的,便站不住了,有的跑到外国,如詹谟士(Henry James)[7],有的讲讲笑话,就是玛克·土温。

那么,他的成了幽默家,是为了生活,而在幽默中又含着哀怨,含着讽刺,则是不甘于这样的生活的缘故了。因为这一点点的反抗,就使现在新土地[8]里的儿童,还笑道:玛克·土温是我们的。

这《夏娃日记》(Eve's Diary)出版于一九〇六年,是他的晚年之作,虽然不过一种小品,但仍是在天真中露出弱点,叙述里夹着讥评,形成那时的美国姑娘,而作者以为是一切女性的肖像,但脸上的笑影,却分明是有了年纪的了。幸而靠了作者的纯熟的手腕,令人一时难以看出,仍不失为活泼泼地的作品;又得译者将丰神传达,而且朴素无华,几乎要令人觉得倘使夏娃用中文来做日记,恐怕也就如此一样:更加值得一看了。

莱勒孚(Lester Ralph)[9]的五十余幅白描的插图,虽然柔软,却很清新,一看布局,也许很容易使人记起中国清季的任渭长[10]的作品,但他所画的是仙侠高士,瘦削怪诞,远不如这些的健康;而且对于中国现在看惯了斜眼削肩的美女图的眼睛,也是很有澄清的益处的。

一九三一年九月二十七夜,记。

\* \* \*

〔1〕 本篇最初印入李兰译、1931年10月上海湖风书局出版的

《夏娃日记》,署名唐丰瑜。李兰,湖南湘阴人,当时在上海从事写作和翻译,参加"左联"的活动。

〔2〕 玛克·土温(1835—1910) 通译马克·吐温,美国小说家,十九世纪美国现实主义文学的重要代表之一。他年青时在密西西比河当领港人的学徒,在报告测量河水深度时,常要叫喊"马克吐温",意思是"水深两㖊"(一㖊合一·八二九米),后来他就以此作为笔名。

〔3〕 《The Mysterious Stranger》 《神秘的陌生人》。

〔4〕 亚伦·坡(1809—1849) 通译爱伦·坡,美国作家,著有小说《黑猫》等。霍桑(1804—1864),美国小说家,著有小说《红字》等。惠德曼(1819—1892),通译惠特曼,美国诗人,著有《草叶集》等。他们都是美国资本主义上升时期具有不同程度的民主主义倾向的作家。

〔5〕 南北战争 也称"美国内战"(1861—1865),美国北部资产阶级对南部反叛的种植园奴隶主所进行的战争。当时美国总统林肯在人民的支持下,采取解放黑奴等民主措施,镇压了南部奴隶主的武装叛乱,维护了联邦政权的统一。

〔6〕 荷惠勒(1837—1920) 通译霍威尔斯,美国小说家。他的创作采用所谓"温和的现实主义"手法,回避阶级矛盾。著有长篇小说《现代婚姻一例》等。

〔7〕 詹谟士(1843—1916) 通译詹姆斯,美国小说家。1876年定居英国,晚年入英国籍。著有小说《一位妇女的画像》等。

〔8〕 新土地 指当时的苏联。

〔9〕 莱勒孚(1876—?) 美国画家。

〔10〕 任渭长(1822—1857) 名熊,字渭长,浙江萧山人,清末画家。

# 新的"女将"[1]

在上海制图版,比别处便当,也似乎好些,所以日报的星期附录画报呀,书店的什么什么月刊画报呀,也出得比别处起劲。这些画报上,除了一排一排的坐着大人先生们的什么什么会开会或闭会的纪念照片而外,还一定要有"女士"。

"女士"的尊容,为什么要绍介于社会的呢?我们只要看那说明,就可以明白了。例如:

"A女士,B女校皇后,性喜音乐。"

"C女士,D女校高材生,爱养叭儿狗。"

"E女士,F大学肄业,为G先生之第五女公子。"

再看装束:春天都是时装,紧身窄袖;到夏天,将裤脚和袖子都撤掉了,坐在海边,叫作"海水浴",天气正热,那原是应该的;入秋,天气凉了,不料日本兵恰恰侵入了东三省,于是画报上就出现了白长衫的看护服,或托枪的戎装的女士们。

这是可以使读者喜欢的,因为富于戏剧性。中国本来喜欢玩把戏,乡下的戏台上,往往挂着一副对子,一面是"戏场小天地",一面是"天地大戏场"。做起戏来,因为是乡下,还没有《乾隆帝下江南》之类,所以往往是《双阳公主追狄》,《薛仁贵招亲》,其中的女战士,看客称之为"女将"。她头插雉尾,手执双刀(或两端都有枪尖的长枪),一出台,看客就看得更起劲。明知不过是做做戏的,然而看得更起劲了。

练了多年的军人,一声鼓响,突然都变了无抵抗主义者。于是远路的文人学士,便大谈什么"乞丐杀敌","屠夫成仁","奇女子救国"一流的传奇式古典,想一声锣响,出于意料之外的人物来"为国增光"。而同时,画报上也就出现了这些传奇的插画。但还没有提起剑仙的一道白光,总算还是切实的。

但愿不要误解。我并不是说,"女士"们都得在绣房里关起来;我不过说,雄兵解甲而密斯[2]托枪,是富于戏剧性的而已。

还有事实可以证明。一,谁也没有看见过日本的"惩膺中国军"的看护队的照片;二,日本军里是没有女将的。然而确已动手了。这是因为日本人是做事是做事,做戏是做戏,决不混合起来的缘故。

\* \* \*

〔1〕 本篇最初发表于1931年11月20日《北斗》第一卷第三期,署名冬华。

〔2〕 密斯 英语 Miss 的音译,意思是小姐。

# 宣传与做戏[1]

　　就是那刚刚说过的日本人，他们做文章论及中国的国民性的时候，内中往往有一条叫作"善于宣传"。看他的说明，这"宣传"两字却又不像是平常的"Propaganda"[2]，而是"对外说谎"的意思。

　　这宗话，影子是有一点的。譬如罢，教育经费用光了，却还要开几个学堂，装装门面；全国的人们十之九不识字，然而总得请几位博士，使他对西洋人去讲中国的精神文明；至今还是随便拷问，随便杀头，一面却总支撑维持着几个洋式的"模范监狱"，给外国人看看。还有，离前敌很远的将军，他偏要大打电报，说要"为国前驱"。连体操班也不愿意上的学生少爷，他偏要穿上军装，说是"灭此朝食"。

　　不过，这些究竟还有一点影子；究竟还有几个学堂，几个博士，几个模范监狱，几个通电，几套军装。所以说是"说谎"，是不对的。这就是我之所谓"做戏"。

　　但这普遍的做戏，却比真的做戏还要坏。真的做戏，是只有一时；戏子做完戏，也就恢复为平常状态的。杨小楼做《单刀赴会》[3]，梅兰芳做《黛玉葬花》[4]，只有在戏台上的时候是关云长，是林黛玉，下台就成了普通人，所以并没有大弊。倘使他们扮演一回之后，就永远提着青龙偃月刀或锄头，以关老爷,林妹妹自命,怪声怪气,唱来唱去,那就实在只好算是发热昏了。

不幸因为是"天地大戏场",可以普遍的做戏者,就很难有下台的时候,例如杨缦华女士用自己的天足,踢破小国比利时女人的"中国女人缠足说",为面子起见,用权术来解围,这还可以说是很该原谅的。但我以为应该这样就拉倒。现在回到寓里,做成文章,这就是进了后台还不肯放下青龙偃月刀;而且又将那文章送到中国的《申报》上来发表,则简直是提着青龙偃月刀一路唱回自己的家里来了。难道作者真已忘记了中国女人曾经缠脚,至今也还有正在缠脚的么?还是以为中国人都已经自己催眠,觉得全国女人都已穿了高跟皮鞋了呢?

这不过是一个例子罢了,相像的还多得很,但恐怕不久天也就要亮了。

\* \* \*

〔1〕 本篇最初发表于1931年11月20日《北斗》第一卷第三期,署名冬华。

〔2〕 "Propaganda" 英语:宣传。指表达、讲解某种观点和主张以影响受众的社会行为。

〔3〕 杨小楼(1877—1937) 安徽石台人,京剧演员。《单刀赴会》,京剧剧目,内容是三国时蜀将关羽(云长)到吴国赴宴的故事。

〔4〕 梅兰芳(1894—1961) 江苏泰州人,京剧表演艺术家。《黛玉葬花》,梅兰芳根据《红楼梦》中的情节编演的京剧。

## 知难行难[1]

中国向来的老例,做皇帝做牢靠和做倒霉的时候,总要和文人学士扳一下子相好。做牢靠的时候是"偃武修文"[2],粉饰粉饰;做倒霉的时候是又以为他们真有"治国平天下"[3]的大道,再问问看,要说得直白一点,就是见于《红楼梦》上的所谓"病笃乱投医"了。

当"宣统皇帝"逊位逊到坐得无聊的时候,我们的胡适之博士曾经尽过这样的任务。[4]

见过以后,也奇怪,人们不知怎的先问他们怎样的称呼,博士曰:

"他叫我先生,我叫他皇上。"

那时似乎并不谈什么国家大计,因为这"皇上"后来不过做了几首打油白话诗,终于无聊,而且还落得一个赶出金銮殿。现在可要阔了,听说想到东三省再去做皇帝呢。[5]而在上海,又以"蒋召见胡适之丁文江[6]"闻:

"南京专电:丁文江,胡适,来京谒蒋,此来系奉蒋召,对大局有所垂询。……"(十月十四日《申报》。)

现在没有人问他怎样的称呼。

为什么呢？因为是知道的,这回是"我称他主席……"!

安徽大学校长刘文典教授,因为不称"主席"而关了好多天,好容易才交保出外,[7]老同乡,旧同事,博士当然是知道的,所以,"我称他主席"!

也没有人问他"垂询"些什么。

为什么呢?因为这也是知道的,是"大局"。而且这"大局"也并无"国民党专政"和"英国式自由"的争论的麻烦,也没有"知难行易"和"知易行难"的争论[8]的麻烦,所以,博士就出来了。

"新月派"的罗隆基[9]博士曰:"根本改组政府,……容纳全国各项人才代表各种政见的政府,……政治的意见,是可以牺牲的,是应该牺牲的。"(《沈阳事件》。)

代表各种政见的人才,组成政府,又牺牲掉政治的意见,这种"政府"实在是神妙极了。但"知难行易"竟"垂询"于"知难,行亦不易",倒也是一个先兆。

\* \* \*

〔1〕 本篇最初发表于1931年12月11日《十字街头》第一期,署名佩韦。

〔2〕 "偃武修文" 语出《尚书·武成》:周武王伐商归来,"乃偃武修文,归马于华山之阳,放牛于桃林之野",以示不再用武力。

〔3〕 "治国平天下" 语出《礼记·大学》:"国治而后天下平。"

〔4〕 1912年1月1日南京临时政府成立后,清帝溥仪(宣统)于2月20日被迫宣告退位;但按当时订立的优待皇室条件,仍留居故宫。关于胡适见溥仪的事,见《努力周报》第十二期(1922年7月)所载胡适的《宣统与胡适》一文。其中说:"阳历五月十七日清室宣统皇帝打电话

来邀我进宫去谈谈。当时约定了五月三十日(阴历端午前一日)去看他。三十日上午,他派了一个太监来我家中接我。我们从神武门进宫,在养心殿见着清帝,我对他行了鞠躬礼,他请我坐,我就坐了。……他称我'先生',我称他'皇上'。我们谈的大概都是文学的事,……他说他很赞成白话,他做旧诗,近来也试作新诗。"

〔5〕 溥仪于1924年冯玉祥的国民军进驻北京后,即被赶出清宫,搬进天津日本租界。1931年九一八事变后,日本帝国主义利用他作傀儡,于11月间把他从天津送往东北;1932年3月伪"满洲国"成立时,他充当"执政",1934年3月改称"康德皇帝"。

〔6〕 丁文江(1887—1936) 字在君,江苏泰兴人,地质学家。曾任北京大学教授、中国地质学会会长等职。1921年与胡适同办《努力周报》,提倡"好人政府"。1926年曾受孙传芳任命为淞沪商埠总办。

〔7〕 刘文典(1889—1958) 字叔雅,安徽合肥人。早年参加同盟会。曾任北京大学、清华大学教授,安徽大学文学院院长兼预科主任等职。1928年11月29日,他因安徽大学学潮被蒋介石召见时,被蒋以"出言顶撞"的罪名交警察局关押,至12月7日得以保释。

〔8〕 "知难行易" 是孙中山提倡的一种学说,见于他1918年所写的《孙文学说》之中。这一学说认为"行先知后","不知亦能行",批评当时革命党人中的畏难退缩思想;但也夸大了所谓"先知先觉"者的个人作用。后来蒋介石等人利用这一学说作为他们背叛革命的行为的哲学论据。《新月》第二卷第四号(1929年6月)转载了胡适所作的题为《知难,行亦不易》一文,批评"知难行易"学说,提出所谓"专家政治"的主张,要蒋介石政府"充分请教专家",声言"此说(按指'知难行易')不修正,专家政治决不会实现"。

〔9〕 罗隆基(1897—1965) 字努生,江西安福人,新月派重要成员。曾留学美国。他写的《沈阳事件》,是评论九一八事变的小册子,1931年9月良友图书公司出版。

# 几条"顺"的翻译[1]

在这一个多年之中,拚死命攻击"硬译"的名人,已经有了三代:首先是祖师梁实秋教授,其次是徒弟赵景深[2]教授,最近就来了徒孙杨晋豪[3]大学生。但这三代之中,却要算赵教授的主张最为明白而且彻底了,那精义是——

"与其信而不顺,不如顺而不信。"

这一条格言虽然有些希奇古怪,但对于读者是有效力的。因为"信而不顺"的译文,一看便觉得费力,要借书来休养精神的读者,自然就会佩服赵景深教授的格言。至于"顺而不信"的译文,却是倘不对照原文,就连那"不信"在什么地方都不知道。然而用原文来对照的读者,中国有几个呢。这时候,必须读者比译者知道得更多一点,才可以看出其中的错误,明白那"不信"的所在。否则,就只好胡里胡涂的装进脑子里去了。

我对于科学是知道得很少的,也没有什么外国书,只好看看译本,但近来往往遇见疑难的地方。随便举几个例子罢。《万有文库》[4]里的周太玄先生的《生物学浅说》里,有这样的一句——

"最近如尼尔及厄尔两氏之对于麦……"

据我所知道,在瑞典有一个生物学名家 Nilsson-Ehle 是考验小麦的遗传的,但他是一个人而兼两姓,应该译作"尼尔生厄尔"才对。现在称为"两氏",又加了"及",顺是顺的,却很使我疑心是别的两位了。不过这是小问题,虽然,要讲生物学,连这些小节也不应该忽略,但我们姑且模模胡胡罢。

今年的三月号《小说月报》上冯厚生先生译的《老人》里,又有这样的一句——

"他由伤寒病变为流行性的感冒(Influenza)的重病……"

这也是很"顺"的,但据我所知道,流行性感冒并不比伤寒重,而且一个是呼吸系病,一个是消化系病,无论你怎样"变",也"变"不过去的。须是"伤风"或"中寒",这才变得过去。但小说不比《生物学浅说》,我们也姑且模模胡胡罢。这回另外来看一个奇特的实验。

这一种实验,是出在何定杰及张志耀两位合译的美国Conklin所作的《遗传与环境》里面的。那译文是——

"……他们先取出兔眼睛内髓质之晶体,注射于家禽,等到家禽眼中生成一种'代晶质',足以透视这种外来的蛋白质精以后,再取出家禽之血清,而注射于受孕之雌兔。雌兔经此番注射,每不能堪,多遭死亡,但是他们的眼睛或晶体并不见有若何之伤害,并且他们卵巢内所蓄之卵,亦不见有什么特别之伤害,因为就他们以后所生的小兔看来,并没有生而具残缺不全之眼者。"

这一段文章,也好像是颇"顺",可以懂得的。但仔细一想,却不免不懂起来了。一,"髓质之晶体"是什么?因为水晶体是没有髓质皮质之分的。二,"代晶质"又是什么?三,"透视外来的蛋白质"又是怎么一回事?我没有原文能对,实在苦恼得很,想来想去,才以为恐怕是应该改译为这样的——

"他们先取兔眼内的制成浆状(以便注射)的水晶体,注射于家禽,等到家禽感应了这外来的蛋白质(即浆状的水晶体)而生'抗晶质'(即抵抗这浆状水晶体的物质)。然后再取其血清,而注射于怀孕之雌兔。……"

以上不过随手引来的几个例,此外情随事迁,忘却了的还不少,有许多为我所不知道的,那自然就都溜过去,或者照样错误地装在我的脑里了。但即此几个例子,我们就已经可以决定,译得"信而不顺"的至多不过看不懂,想一想也许能懂,译得"顺而不信"的却令人迷误,怎样想也不会懂,如果好像已经懂得,那么你正是入了迷途了。

\* \* \*

〔1〕 本篇最初发表于1931年12月20日《北斗》第一卷第四期,署名长庚。

〔2〕 赵景深(1902—1985) 四川宜宾人,当时复旦大学教授,北新书局编辑。他在《读书月刊》第一卷第六期(1931年3月)《论翻译》一文中为误译辩解说:"我以为译书应为读者打算;换一句话说,首先我们应该注重于读者方面。译得错不错是第二个问题,最要紧的是译得顺不顺。倘若译得一点也不错,而文字格里格达,吉里吉八,拖拖拉拉

一长串,要折断人家的嗓子,其害处当甚于误译。……所以严复的'信''达''雅'三个条件,我以为其次序应该是'达''信''雅'。"

〔3〕 杨晋豪(1910—1993)  上海奉贤人,当时南京中央大学学生。他在《社会与教育》第二卷第二十二期(1931年9月)发表《从"翻译论战"说开去》一文,指责当时马列主义著作和"普罗"文学理论的译文"生硬","为许多人所不满,看了喊头痛,嘲之为天书"。又说"翻译要'信'是不成问题的,而第一要件是要'达'!"

〔4〕 《万有文库》  商务印书馆1929年至1934年间出版的大型丛书,收入中外著作两千余种,共四千册。

# 风 马 牛[1]

主张"顺而不信"译法的大将赵景深先生,近来却并没有译什么大作,他大抵只在《小说月报》上,将"国外文坛消息",[2]来介绍给我们。这自然是很可感谢的。那些消息,是译来的呢,还是介绍者自去打听来,研究来的?我们无从捉摸。即使是译来的罢,但大抵没有说明出处,我们也无从考查。自然,在主张"顺而不信"译法的赵先生,这是都不必注意的,如果有些"不信",倒正是贯彻了宗旨。

然而,疑难之处,我却还是遇到的。

在二月号的《小说月报》里,赵先生将"新群众作家近讯"告诉我们,其一道:"格罗泼已将马戏的图画故事《Alay Oop》[3]脱稿。"这是极"顺"的,但待到看见了这本图画,却不尽是马戏。借得英文字典来,将书名下面注着的两行英文"Life and Love Among the Acrobats Told Entirely in Pictures"[4]查了一通,才知道原来并不是"马戏"的故事,而是"做马戏的戏子们"的故事。这么一说,自然,有些"不顺"了。但内容既然是这样的,另外也没有法子想。必须是"马戏子",这才会有"Love"。[5]

《小说月报》到了十一月号,赵先生又告诉了我们"塞意斯完成四部曲[6]",而且"连最后的一册《半人半牛怪》(Der

Zentaur）也已于今年出版"了。这一下"Der"，就令人眼睛发白，因为这是茄门话[7]，就是想查字典，除了同济学校[8]也几乎无处可借，那里还敢发生什么贰心。然而那下面的一个名词，却不写尚可，一写倒成了疑难杂症。这字大约是源于希腊的，英文字典上也就有，我们还常常看见用它做画材的图画，上半身是人，下半身却是马，不是牛。牛马同是哺乳动物，为了要"顺"，固然混用一回也不关紧要，但究竟马是奇蹄类，牛是偶蹄类，有些不同，还是分别了好，不必"出到最后的一册"的时候，偏来"牛"一下子的。

"牛"了一下之后，使我联想起赵先生的有名的"牛奶路"[9]来了。这很像是直译或"硬译"，其实却不然，也是无缘无故的"牛"了进去的。这故事无须查字典，在图画上也能看见。却说希腊神话里的大神宙斯是一位很有些喜欢女人的神，他有一回到人间去，和某女士生了一个男孩子。物必有偶，宙斯太太却偏又是一个很有些嫉妒心的女神。她一知道，拍桌打凳的（？）大怒了一通之后，便将那孩子取到天上，要看机会将他害死。然而孩子是天真的，他满不知道，有一回，碰着了宙太太的乳头，便一吸，太太大吃一惊，将他一推，跌落到人间，不但没有被害，后来还成了英雄。但宙太太的乳汁，却因此一吸，喷了出来，飞散天空，成为银河，也就是"牛奶路"，——不，其实是"神奶路"。但白种人是一切"奶"都叫"Milk"的，我们看惯了罐头牛奶上的文字，有时就不免于误译，是的，这也是无足怪的事。

但以对于翻译大有主张的名人，而遇马发昏，爱牛成性，

173

有些"牛头不对马嘴"的翻译,却也可当作一点谈助。——不过当作别人的一点谈助,并且借此知道一点希腊神话而已,于赵先生的"与其信而不顺,不如顺而不信"的格言,却还是毫无损害的。这叫作"乱译万岁!"

※　　※　　※

〔1〕 本篇最初发表于1931年12月20日《北斗》第一卷第四期,署名长庚。

风马牛,语出《左传》僖公四年:"君处北海,寡人处南海,唯是风马牛不相及也。"意思是齐楚两国相距很远,即使马牛走失,也不会跑到对方境内。后来用以比喻事物之间毫不相干。

〔2〕 "国外文坛消息" 《小说月报》自1931年1月第二十二卷第一期起设立的专栏。赵景深是主要撰稿人。

〔3〕 格罗泼(W. Gropper, 1897—1977) 犹太血统的美国画家。"Alay Oop"是吆喝的声音,格罗泼以此作为画册的名字。

〔4〕 英语:"马戏演员的生活和恋爱的图画故事"。

〔5〕 "Love" 英语:爱情。

〔6〕 塞意斯(F. Thiess) 通译提斯,德国作家。赵景深介绍他的四部曲为:《离开了乐园》、《世界之门》、《健身》和《半人半牛怪》。按这四部书总称为"青年四部曲",其中《健身》应译为《魔鬼》,《半人半牛怪》应译为《半人半马怪》。这些书于1924年至1931年陆续出版。

〔7〕 茄门话 即德语。茄门,German的音译,通译日耳曼。Der是德语阳性名词的冠词。

〔8〕 同济学校 1907年德国人在上海设立同济德文医学校,1917年由中国政府接办,改为同济德文医工大学,1927年改名为同

济大学。

〔9〕 "牛奶路" 这是赵景深在1922年翻译契诃夫的小说《樊凯》(通译《万卡》)时,对英语 Milky Way(银河)的误译。

# 再来一条"顺"的翻译[1]

这"顺"的翻译出现的时候,是很久远了;而且是大文学家和大翻译理论家,谁都不屑注意的。但因为偶然在我所搜集的"顺译模范文大成"稿本里,翻到了这一条,所以就再来一下子。

却说这一条,是出在中华民国十九年八月三日的《时报》[2]里的,在头号字的《针穿两手……》这一个题目之下,做着这样的文章:

"被共党捉去以钱赎出由长沙逃出之中国商人,与从者二名,于昨日避难到汉,彼等主仆,均鲜血淋漓,语其友人曰,长沙有为共党作侦探者,故多数之资产阶级,于廿九日晨被捕,予等系于廿八夜捕去者,即以针穿手,以秤秤之,言时出其两手,解布以示其所穿之穴,尚鲜血淋漓。……(汉口二日电通电)"

这自然是"顺"的,虽然略一留心,即容或会有多少可疑之点。譬如罢,其一,主人是资产阶级,当然要"鲜血淋漓"的了,二仆大概总是穷人,为什么也要一同"鲜血淋漓"的呢?其二,"以针穿手,以秤秤之"干什么,莫非要照斤两来定罪名么?但是,虽然如此,文章也还是"顺"的,因为在社会上,本来说得共党的行为是古里古怪;况且只要看过《玉历钞传》,

就都知道十殿阎王的某一殿里,有用天秤来秤犯人的办法,[3]所以"以秤秤之",也还是毫不足奇。只有秤的时候,不用称钩而用"针",却似乎有些特别罢了。

幸而,我在同日的一种日本文报纸《上海日报》[4]上,也偶然见到了电通社[5]的同一的电报,这才明白《时报》是因为译者不拘拘于"硬译",而又要"顺",所以有些不"信"了。倘若译得"信而不顺"一点,大略是应该这样的:

"……彼等主仆,将为恐怖和鲜血所渲染之经验谈,语该地之中国人曰,共产军中,有熟悉长沙之情形者,……予等系于廿八日之半夜被捕,拉去之时,则在腕上刺孔,穿以铁丝,数人或数十人为一串。言时即以包着沁血之布片之手示之……"

这才分明知道,"鲜血淋漓"的并非"彼等主仆",乃是他们的"经验谈",两位仆人,手上实在并没有一个洞。穿手的东西,日本文虽然写作"针金",但译起来须是"铁丝",不是"针",针是做衣服的。至于"以秤秤之",却连影子也没有。

我们的"友邦"好友,顶喜欢宣传中国的古怪事情,尤其是"共党"的;四年以前,将"裸体游行"[6]说得像煞有介事,于是中国人也跟着叫了好几个月。其实是,警察用铁丝穿了殖民地的革命党的手,一串一串的牵去,是所谓"文明"国民的行为,中国人还没有知道这方法,铁丝也不是农业社会的产品。从唐到宋,因为迷信,对于"妖人"虽然曾有用铁索穿了锁骨,以防变化的法子,但久已不用,知道的人也几乎没有了。文明国人将自己们所用的文明方法,硬栽到中国来,不料中国人却还没有这样文明,连上海的翻译家也不懂,偏不用铁丝来穿,就只照阎罗殿上的办法,"秤"了一下完事。

造谣的和帮助造谣的,一下子都显出本相来了。

\* \* \* \*

〔1〕 本篇最初发表于1932年1月20日《北斗》第二卷第一期,署名长庚。

〔2〕 《时报》 狄葆贤创办的报纸,1904年4月在上海创刊,1939年9月停刊。

〔3〕 《玉历钞传》 全称《玉历至宝钞传》,题称宋代"淡痴道人梦中得授,弟子勿迷道人钞录传世",是一部宣扬因果报应迷信思想的书,共八章。其中第二章《〈玉历〉之图像》中有用天秤称犯人的图像。

〔4〕 《上海日报》 日本人办的日文报纸,1904年7月在上海创刊,原名《上海新报》,周刊,1905年3月改为日报。

〔5〕 电通社 即日本电报通讯社,1901年在东京创办,1936年与新闻联合通讯社合并为同盟社。电通社于1920年在中国上海设立分社。

〔6〕 "裸体游行" 1927年4月12日《顺天时报》(日本帝国主义者在北京办的报纸)登载一则题为《打破羞耻——武汉街市妇人之裸体游行》的新闻,造谣诬蔑当时尚维持国共合作的武汉政府。当时中国一些报纸曾加以转载。

# 中华民国的新"堂·吉诃德"们[1]

十六世纪末尾的时候,西班牙的文人西万提斯做了一大部小说叫作《堂·吉诃德》[2],说这位吉先生,看武侠小说看呆了,硬要去学古代的游侠,穿一身破甲,骑一匹瘦马,带一个跟丁,游来游去,想斩妖服怪,除暴安良。谁知当时已不是那么古气盎然的时候了,因此只落得闹了许多笑话,吃了许多苦头,终于上个大当,受了重伤,狼狈回来,死在家里,临死才知道自己不过一个平常人,并不是什么大侠客。

这一个古典,去年在中国曾经很被引用了一回,受到这个谥法的名人,似乎还有点很不高兴的样子。其实是,这种书呆子,乃是西班牙书呆子,向来爱讲"中庸"的中国,是不会有的。西班牙人讲恋爱,就天天到女人窗下去唱歌,信旧教,就烧杀异端,一革命,就捣烂教堂,踢出皇帝。然而我们中国的文人学子,不是总说女人先来引诱他,诸教同源,保存庙产,宣统在革命之后,还许他许多年在宫里做皇帝吗?

记得先前的报章上,发表过几个店家的小伙计,看剑侠小说入了迷,忽然要到武当山[3]去学道的事,这倒很和"堂·吉诃德"相像的。但此后便看不见一点后文,不知道是也做出了许多奇迹,还是不久就又回到家里去了?以"中庸"的老例推测起来,大约以回了家为合式。

这以后的中国式的"堂·吉诃德"的出现,是"青年援马团[4]"。不是兵,他们偏要上战场;政府要诉诸国联[5],他们偏要自己动手;政府不准去,他们偏要去;中国现在总算有一点铁路了,他们偏要一步一步的走过去;北方是冷的,他们偏只穿件夹袄;打仗的时候,兵器是顶要紧的,他们偏只着重精神。这一切等等,确是十分"堂·吉诃德"的了。然而究竟是中国的"堂·吉诃德",所以他只一个,他们是一团;送他的是嘲笑,送他们的是欢呼;迎他的是诧异,而迎他们的也是欢呼;他驻扎在深山中,他们驻扎在真茹镇;他在磨坊里打风磨,他们在常州玩梳篦,又见美女,何幸如之(见十二月《申报》《自由谈》)。其苦乐之不同,有如此者,呜呼!

不错,中外古今的小说太多了,里面有"舆榇",有"截指"[6],有"哭秦庭"[7],有"对天立誓"。耳濡目染,诚然也不免来抬棺材,砍指头,哭孙陵[8],宣誓出发的。然而五四运动时胡适之博士讲文学革命的时候,就已经要"不用古典"[9],现在在行为上,似乎更可以不用了。

讲二十世纪战事的小说,旧一点的有雷马克的《西线无战事》[10],棱的《战争》[11],新一点的有绥拉菲摩维支的《铁流》,法捷耶夫的《毁灭》,里面都没有这样的"青年团",所以他们都实在打了仗。

\* \* \*

〔1〕 本篇最初发表于1932年1月20日《北斗》第二卷第一期,署名不堂。

中华民国的新"堂·吉诃德"们

〔2〕 西万提斯（M. de Cervantes, 1547—1616） 通译塞万提斯，欧洲文艺复兴时期的西班牙作家。他的代表作长篇小说《堂吉诃德》共两部，第一部发表于1605年，第二部发表于1615年。

〔3〕 武当山 在湖北均县北，我国著名的道教胜地。旧小说中常把它描写成剑侠修炼的地方。

〔4〕 "青年援马团" 九一八事变后，由于蒋介石采取不抵抗主义，日军在很短时间内几乎侵占了我国东北的全部领土。11月间日军进攻龙江等地时，黑龙江省代理主席马占山进行过抵抗，曾得到各阶层爱国民众的支持。当时上海的一些青年组织了一个"青年援马团"，要求参加东北的抗日军队，对日作战，但由于缺少坚决的斗争精神和切实的办法，特别是由于国民党当局的阻挠，这个团体不久即涣散。

〔5〕 国联 "国际联盟"的简称。第一次世界大战后于1920年成立的国际政府间组织。它标榜以"促进国际合作、维持国际和平与安全"为目的，实际上是英、法等国家控制并为其利益服务的工具。第二次世界大战爆发后无形瓦解，1946年4月正式宣告解散。九一八事变后，它偏袒日本帝国主义对中国的侵略，9月22日，蒋介石在南京市国民党党员大会上宣称："此刻必须上下一致，先以公理对强权，以和平对野蛮，忍辱含愤，暂取逆来顺受态度，以待国际公理之判决。"

〔6〕 "舆榇" 在车子上载着空棺材，表示敢死的决心。"截指"，把手指砍下，也是表示坚决的意思。据1931年11月21日、22日《申报》报导，"青年援马团"曾抬棺游行，并有人断书写血书。

〔7〕 "哭秦庭" 春秋时楚国臣子申包胥的故事，见《史记·伍子胥列传》：当伍子胥率领吴国军队攻破楚国都城的时候，申包胥"走秦告急，求救于秦。秦不许，包胥立于秦庭，昼夜哭，七日七夜不绝其声。秦哀公怜之，……乃遣车五百乘救楚击吴"。

〔8〕 孙陵　孙中山陵墓,位于南京紫金山。

〔9〕 "不用古典"　胡适在《新青年》第二卷第五期(1917年1月)发表《文学改良刍议》一文,提出文学改良八事,其中第六事为"不用典"。

〔10〕 雷马克(E. M. Remarque,1898—1970)　德国小说家。《西线无战事》是他描写第一次世界大战的小说,1929年出版。

〔11〕 棱　通译雷恩(L. Renn,1888—1979),德国小说家。《战争》是他描写第一次世界大战的小说,1928年出版。

# 《野草》英文译本序[1]

冯 Y.S.[2]先生由他的友人给我看《野草》的英文译本,并且要我说几句话。可惜我不懂英文,只能自己说几句。但我希望,译者将不嫌我只做了他所希望的一半的。

这二十多篇小品,如每篇末尾所注,是一九二四至二六年在北京所作,陆续发表于期刊《语丝》上的。大抵仅仅是随时的小感想。因为那时难于直说,所以有时措辞就很含糊了。

现在举几个例罢。因为讽刺当时盛行的失恋诗,作《我的失恋》,因为憎恶社会上旁观者之多,作《复仇》第一篇,又因为惊异于青年之消沉,作《希望》。《这样的战士》,是有感于文人学士们帮助军阀而作。《腊叶》,是为爱我者的想要保存我而作的。段祺瑞政府枪击徒手民众后,作《淡淡的血痕中》,其时我已避居别处[3];奉天派和直隶派军阀战争[4]的时候,作《一觉》,此后我就不能住在北京了。

所以,这也可以说,大半是废弛的地狱边沿的惨白色小花,当然不会美丽。但这地狱也必须失掉。这是由几个有雄辩和辣手,而那时还未得志的英雄们的脸色和语气所告诉我的。我于是作《失掉的好地狱》。

后来,我不再作这样的东西了。日在变化的时代,已不许这样的文章,甚而至于这样的感想存在。我想,这也许倒是好的罢。为译本而作的序言,也应该在这里结束了。

           十一月五日。

＊　　＊　　＊

  〔1〕 《野草》英译本的译稿由译者交商务印书馆,后毁于1932年"一·二八"战火,未出版。这篇序文在编入本书之前也没有发表过。

  〔2〕 冯Y.S. 即《野草》英文本的译者冯余声,广东人,当时是"左联"成员。

  〔3〕 避居别处 1926年三一八惨案后,作者因支持进步学生的行动,传闻被列入段祺瑞政府第二批通缉名单中。他在友人的敦促下,从3月下旬起,先后到山本医院、德国医院和法国医院等处避居,直到5月初回寓。

  〔4〕 奉天派和直隶派军阀战争 指1926年春夏间冯玉祥(原属直系)的国民军与奉系张作霖、李景林的军队在京、津间的战争。

# "智识劳动者"万岁[1]

"劳动者"这句话成了"罪人"的代名词,已经足足四年了。压迫罢,谁也不响;杀戮罢,谁也不响;文学上一提起这句话,就有许多"文人学士"和"正人君子"来笑骂,接着又有许多他们的徒子徒孙来笑骂。劳动者呀劳动者,真要永世不得翻身了。

不料竟又有人记得你起来。

不料帝国主义老爷们还嫌党国屠杀得不赶快,竟来亲自动手了,炸的炸,轰的轰。称"人民"为"反动分子",是党国的拿手戏,而不料帝国主义老爷也有这妙法,竟称不抵抗的顺从的党国官军为"贼匪",大加以"膺惩"!冤乎枉哉,这真有些"顺""逆"不分,玉石俱焚之慨了!

于是又记得了劳动者。

于是久不听到了的"亲爱的劳动者呀!"的亲热喊声,也在文章上看见了;久不看见了的"智识劳动者"的奇妙官衔,也在报章上发见了,还因为"感于有联络的必要",组织了"协会",[2]举了干事樊仲云[3],汪馥泉[4]呀这许多新任"智识劳动者"先生们。

有什么"智识"?有什么"劳动"?"联络"了干什么?"必要"在那里?这些这些,暂且不谈罢,没有"智识"的体力劳动者,也管不着的。

"亲爱的劳动者"呀!你们再替这些高贵的"智识劳动者"起来干一回罢!给他们仍旧可以坐在房里"劳动"他们那高贵的"智识"。即使失败,失败的也不过是"体力","智识"还在着的!

"智识"劳动者万岁!

\* \* \*

〔1〕 本篇最初发表于1932年1月5日《十字街头》第三期,署名佩韦。

〔2〕 "协会" 即"智识劳动者协会",樊仲云等发起组织的一个团体。成员较复杂。1931年12月20日成立于上海。

〔3〕 樊仲云(1901—1990) 字得一,笔名从予等,浙江嵊县(今嵊州)人,当时是商务印书馆编辑。抗日战争期间曾任汪伪政府教育部政务次长。

〔4〕 汪馥泉(1899—1959) 浙江杭县(今余杭)人,当时是复旦大学教授。抗日战争时期曾任汪伪中日文化协会江苏分会常务理事兼总干事。

# "友邦惊诧"论[1]

只要略有知觉的人就都知道:这回学生的请愿[2],是因为日本占据了辽吉,南京政府束手无策,单会去哀求国联,[3]而国联却正和日本是一伙。读书呀,读书呀,不错,学生是应该读书的,但一面也要大人老爷们不至于葬送土地,这才能够安心读书。报上不是说过,东北大学逃散,冯庸大学[4]逃散,日本兵看见学生模样的就枪毙吗?放下书包来请愿,真是已经可怜之至。不道国民党政府却在十二月十八日通电各地军政当局文里,又加上他们"捣毁机关,阻断交通,殴伤中委,拦劫汽车,攒击路人及公务人员,私逮刑讯,社会秩序,悉被破坏"的罪名,而且指出结果,说是"友邦人士,莫名惊诧,长此以往,国将不国"了!

好个"友邦人士"!日本帝国主义的兵队强占了辽吉,炮轰机关,他们不惊诧;阻断铁路,追炸客车,捕禁官吏,枪毙人民,他们不惊诧。中国国民党治下的连年内战,空前水灾,卖儿救穷,砍头示众,秘密杀戮,电刑逼供,他们也不惊诧。在学生的请愿中有一点纷扰,他们就惊诧了!

好个国民党政府的"友邦人士"!是些什么东西!

即使所举的罪状是真的罢,但这些事情,是无论那一个"友邦"也都有的,他们的维持他们的"秩序"的监狱,就撕掉了他们的"文明"的面具。摆什么"惊诧"的臭脸孔呢？

可是"友邦人士"一惊诧，我们的国府就怕了，"长此以往，国将不国"了，好像失了东三省，党国倒愈像一个国，失了东三省谁也不响，党国倒愈像一个国，失了东三省只有几个学生上几篇"呈文"，党国倒愈像一个国，可以博得"友邦人士"的夸奖，永远"国"下去一样。

几句电文，说得明白极了：怎样的党国，怎样的"友邦"。"友邦"要我们人民身受宰割，寂然无声，略有"越轨"，便加屠戮；党国是要我们遵从这"友邦人士"的希望，否则，他就要"通电各地军政当局"，"即予紧急处置，不得于事后借口无法劝阻，敷衍塞责"了！

因为"友邦人士"是知道的：日兵"无法劝阻"，学生们怎会"无法劝阻"？每月一千八百万的军费，四百万的政费，作什么用的呀，"军政当局"呀？

写此文后刚一天，就见二十一日《申报》登载南京专电云："考试院部员张以宽，盛传前日为学生架去重伤。兹据张自述，当时因车夫误会，为群众引至中大[5]，旋出校回寓，并无受伤之事。至行政院某秘书被拉到中大，亦当时出来，更无失踪之事。"而"教育消息"栏内，又记本埠一小部分学校赴京请愿学生死伤的确数，则云："中公死二人，伤三十人，复旦伤二人，复旦附中伤十人，东亚失踪一人（系女性），上中失踪一人，伤三人，文生氏[6]死一人，伤五人……"可见学生并未如国府通电所说，将"社会秩序,破坏无余",而国府则不但依然能够镇压,而且依然能够诬陷,杀戮。"友邦人士",从此可以不必"惊诧莫名",只请放心来瓜分就是了。

\* \* \* \*

〔1〕 本篇最初发表于1931年12月25日《十字街头》第二期,署名明瑟。

〔2〕 学生的请愿 指1931年12月间全国各地学生为反对蒋介石的不抵抗政策到南京请愿的事件。对于这次学生爱国行动,国民党政府于12月5日通令全国,禁止请愿;17日当各地学生联合向国民党中央党部请愿时,又命令军警逮捕和枪杀请愿学生,当场打死二十余人,打伤百余人;18日还电令各地军政当局紧急处置请愿事件。

〔3〕 哀求国联 九一八事变后,国民党政府多次向国联申诉,11月22日当日军进攻锦州时,又向国联提议划锦州为中立区,以中国军队退入关内为条件请求日军停止进攻;12月15日在日军继续进攻锦州时再度向国联申诉,请求它出面干涉,阻止日本帝国主义扩大侵华战争。

〔4〕 冯庸大学 奉系将领冯庸(1901—1981)所创办的一所大学,1927年在沈阳成立,1931年九一八事变后停办。

〔5〕 中大 南京中央大学。

〔6〕 中公 中国公学;复旦,复旦大学;复旦附中,复旦大学附属实验中学;东亚,东亚体育专科学校;上中,上海中学;文生氏,文生氏高等英文学校。这些都是当时上海的私立学校。

# 答中学生杂志社问[1]

"假如先生面前站着一个中学生,处此内忧外患交迫的非常时代,将对他讲怎样的话,作努力的方针?"

编辑先生:

请先生也许我回问你一句,就是:我们现在有言论的自由么?假如先生说"不",那么我知道一定也不会怪我不作声的。假如先生竟以"面前站着一个中学生"之名,一定要逼我说一点,那么,我说:第一步要努力争取言论的自由。

\* \* \*

〔1〕 本篇最初发表于1932年1月1日《中学生》新年号。

《中学生》,以中学生为对象的综合性刊物。参看本书第98页注〔2〕。

# 答北斗杂志社问[1]

——创作要怎样才会好？

编辑先生：

来信的问题,是要请美国作家和中国上海教授们做的,他们满肚子是"小说法程"和"小说作法"。[2]我虽然做过二十来篇短篇小说,但一向没有"宿见",正如我虽然会说中国话,却不会写"中国语法入门"一样。不过高情难却,所以只得将自己所经验的琐事写一点在下面——

一,留心各样的事情,多看看,不看到一点就写。

二,写不出的时候不硬写。

三,模特儿[3]不用一个一定的人,看得多了,凑合起来的。

四,写完后至少看两遍,竭力将可有可无的字,句,段删去,毫不可惜。宁可将可作小说的材料缩成 Sketch[4],决不将 Sketch 材料拉成小说。

五,看外国的短篇小说,几乎全是东欧及北欧作品,也看日本作品。

六,不生造除自己之外,谁也不懂的形容词之类。

七,不相信"小说作法"之类的话。

八,不相信中国的所谓"批评家"之类的话,而看看可靠的外国批评家的评论。

现在所能说的,如此而已。此复,即请编安!

十二月二十七日。

※　　※　　※

〔1〕 本篇最初发表于1932年1月20日《北斗》第二卷第一期。

《北斗》,文艺月刊,"左联"的机关刊物之一,丁玲主编。1931年9月在上海创刊,1932年7月出至第二卷第三、四期合刊后停刊,共出八期。1931年12月,该刊以"创作不振之原因及其出路"为题向许多作家征询意见。本文是作者所作的答复。

〔2〕 关于小说创作法方面的书,当时出版很多,如美国人哈米顿著、华林一译的《小说法程》,孙俍工编的《小说作法讲义》等。

〔3〕 模特儿 英语 Model 的音译。原意是"模型",这里指文学作品中人物的原型。

〔4〕 Sketch 英语:速写。

# 关于小说题材的通信[1]

## 来　　信

L.S.先生：

要这样冒昧地麻烦先生的心情,是抑制得很久的了,但像我们心目中的先生,大概不会淡漠一个热忱青年的请教的吧。这样几度地思量之后,终于唐突地向你表示我们在文艺上——尤其是短篇小说上的迟疑和犹豫了。

我们曾手写了好几篇短篇小说,所采取的题材:一个是专就其熟悉的小资产阶级的青年,把那些在现时代所显现和潜伏的一般的弱点,用讽刺的艺术手腕表示出来;一个是专就其熟悉的下层人物——在现时代大潮流冲击圈外的下层人物,把那些在生活重压下强烈求生的欲望的朦胧反抗的冲动,刻划在创作里面。——不知这样内容的作品,究竟对现时代,有没有配说得上有贡献的意义?我们初则迟疑,继则提起笔又犹豫起来了。这须请先生给我们一个指示,因为我们不愿意在文艺上的努力,对于目前的时代,成为白费气力,毫无意义的。

我们决定在这一个时代里,把我们的精力放在有意义的文艺上,借此表示我们应有的助力和贡献,并不是先生所说的那一辈略有小名,便去而之他的文人。因此,目前如果先生愿给我们以指示,这指示便会影响到我们终身的。虽然也曾看见过好些普罗作家的创作,但总不愿把一些虚构的人物使其翻一个身就革命起来,却喜欢捉几个熟悉的模特儿,真真实实地刻划出来——这脾气是否妥当,确又没有十分的把握了。所以三番五次的思维,只有冒昧地来唐突先生了。即祝
近好!

Ts-c. Y. 及 Y-f. T. 上　十一月廿九日。

## 回　　信

Y 及 T[2]先生:

接到来信后,未及回答,就染了流行性感冒,头重眼肿,连一个字也不能写,近几天总算好起来了,这才来写回信。同在上海,而竟拖延到一个月,这是非常抱歉的。

两位所问的,是写短篇小说的时候,取来应用的材料的问题。而作者所站的立场,如信上所写,则是小资产阶级的立场。如果是战斗的无产者,只要所写的是可以成为艺术品的东西,那就无论他所描写的是什么事情,所使用的是什么材料,对于现代以及将来一定是有贡献的意义的。为什么呢?因为作者本身便是一个战斗者。

但两位都并非那一阶级,所以当动笔之先,就发生了来信所说似的疑问。我想,这对于目前的时代,还是有意义的,然

而假使永是这样的脾气,却是不妥当的。

别阶级的文艺作品,大抵和正在战斗的无产者不相干。小资产阶级如果其实并非与无产阶级一气,则其憎恶或讽刺同阶级,从无产者看来,恰如较有聪明才力的公子憎恨家里的没出息子弟一样,是一家子里面的事,无须管得,更说不到损益。例如法国的戈兼[3],痛恨资产阶级,而他本身还是一个道道地地资产阶级的作家。倘写下层人物(我以为他们是不会"在现时代大潮流冲击圈外"的)罢,所谓客观其实是楼上的冷眼,所谓同情也不过空虚的布施,于无产者并无补助。而且后来也很难言。例如也是法国人的波特莱尔,当巴黎公社初起时,他还很感激赞助,待到势力一大,觉得于自己的生活将要有害,就变成反动了。[4]但就目前的中国而论,我以为所举的两种题材,却还有存在的意义。如第一种,非同阶级是不能深知的,加以袭击,撕其面具,当比不熟悉此中情形者更加有力。如第二种,则生活状态,当随时代而变更,后来的作者,也许不及看见,随时记载下来,至少也可以作这一时代的记录。所以对于现在以及将来,还是都有意义的。不过即使"熟悉",却未必便是"正确",取其有意义之点,指示出来,使那意义格外分明,扩大,那是正确的批评家的任务。

因此我想,两位是可以各就自己现在能写的题材,动手来写的。不过选材要严,开掘要深,不可将一点琐屑的没有意思的事故,便填成一篇,以创作丰富自乐。这样写去,到一个时候,我料想必将觉得写完,——虽然这样的题材的人物,即使几十年后,还有作为残渣而存留,但那时来加以描写刻划的,将是别一种作者,别一样看法了。然而两位都是向着前进的青年,又抱着对于时代有所助力和贡献的意志,那时也一定能逐渐克服自己的生活和意识,看见新路的。

总之,我的意思是:现在能写什么,就写什么,不必趋时,自然更不必硬造一个突变式的革命英雄,自称"革命文学";但也不可苟安于这一点,没有改革,以致沉没了自己——也就是消灭了对于时代的助力和贡献。此复,即颂

近佳。

L. S. 启。十二月二十五日。

※ ※ ※ ※

〔1〕 本篇最初发表于1932年1月5日《十字街头》第三期。

〔2〕 Y,杨子青,即沙汀(1904—1992),四川安县人;T,汤艾芜,即艾芜(1904—1992),四川新都人。他们都是当时的青年作者。

〔3〕 戈兼(T. Gautier,1811—1872) 通译戈蒂叶,法国唯美主义作家。他最先提出"为艺术而艺术"的观点。著有小说《莫班小姐》、诗剧《死的喜剧》等。

〔4〕 波特莱尔 参看本书第46页注〔6〕。他曾参加法国1848年的二月革命。这里说他赞助初起时的巴黎公社,当是误记。

# 关于翻译的通信[1]

## 来　信

敬爱的同志：

你译的《毁灭》出版，当然是中国文艺生活里面的极可纪念的事迹。翻译世界无产阶级革命文学的名著，并且有系统的介绍给中国读者，(尤其是苏联的名著，因为它们能够把伟大的十月，国内战争，五年计划的"英雄"，经过具体的形象，经过艺术的照耀，而供献给读者。)——这是中国普罗文学者的重要任务之一。虽然，现在做这件事的，差不多完全只是你个人和 Z 同志[2]的努力；可是，谁能够说：这是私人的事情?!谁?!《毁灭》《铁流》等等的出版，应当认为一切中国革命文学家的责任。每一个革命的文学战线上的战士，每一个革命的读者，应当庆祝这一个胜利；虽然这还只是小小的胜利。

你的译文，的确是非常忠实的，"决不欺骗读者"这一句话，决不是广告！这也可见得一个诚挚，热心，为着光明而斗争的人，不能够不是刻苦而负责的。二十世纪的才子和欧化名士可以用"最少的劳力求得最大的"声望；但是，这种人物如果不彻底的脱胎换骨，始终只是"纱笼"(Salon)里的哈叭狗。现在粗制滥造的翻译，不是这班人干的，就是一些书贾的投机。你的努力——我以及大家都希望这种努力变成团体的,——应当继续,应当扩大,应当加深。所以我也许和你自己一样,看着这本《毁灭》,简直非常的激动:我爱它,像爱自己的儿女一样。咱们的这种爱,一定能够帮助我们,使我们的精力增加起来,使我们的小小的事业扩大起来。

翻译——除出能够介绍原本的内容给中国读者之外——还有一个很重要的作用:就是帮助我们创造出新的中国的现代言语。中国的言语(文字)是那么穷乏,甚至于日常用品都是无名氏的。中国的言语简直没有完全脱离所谓"姿势语"的程度——普通的日常谈话几乎还离不开"手势戏"。自然,一切表现细腻的分别和复杂的关系的形容词,动词,前置词,几乎没有。宗法封建的中世纪的余孽,还紧紧的束缚着中国人的活的言语,(不但是工农群众!)这种情形之下,创造新的言语是非常重大的任务。欧洲先进的国家,在二三百年四五百年以前已经一般的完成了这个任务。就是历史上比较落后的俄国,也在一百五六十年以前就相当的结束了"教堂斯拉夫文"〔3〕。他们那里,是资产阶级的文艺复兴运动和启蒙运动做了这件事。例如俄国的洛莫洛莎夫……普希金〔4〕。中国的资产阶级可没有这个能力。固然,中国的欧化的绅商,例如胡适之之流,开始了这个运动。但是,这个运动的结果等于它的政治上的主人。因此,无产阶级必须继续去彻底完成这个任务,领导这个运动。翻译,的确可以帮助我们造出许多新的字眼,新的句法,丰富的字汇和细腻的精密的正确的表现。因此,我们既然进行着创造中国现代的新的言语的斗争,我们对于翻译,就不能够不要求:绝对的正确和绝对的中国白话文。这是要把新的文化的言语介绍给大众。

严几道的翻译,不用说了。他是:

译须信雅达,

文必夏殷周。[5]

其实,他是用一个"雅"字打消了"信"和"达"。最近商务还翻印"严译名著",[6]我不知道这是"是何居心"!这简直是拿中国的民众和青年来开玩笑。古文的文言怎么能译得"信",对于现在的将来的大众读者,怎么能够"达"!

现在赵景深之流,又来要求:

宁错而务顺,

毋拗而仅信![7]

赵老爷的主张,其实是和城隍庙里演说西洋故事的,一鼻孔出气。这是自己懂得了(?)外国文,看了些书报,就随便拿起笔来乱写几句所谓通顺的中国文。这明明白白的欺侮中国读者,信口开河来乱讲海外奇谈。第一,他的所谓"顺",既然是宁可"错"一点儿的"顺",那么,这当然是迁就中国的低级言语而抹杀原意的办法。这不是创造新的言语,而是努力保存中国的野蛮人的言语程度,努力阻挡它的发展。第二,既然要宁可"错"一点儿,那就是要朦蔽读者,使读者不能够知道作者的原意。所以我说:赵景深的主张是愚民政策,是垄断智识的学阀主义,——一点儿也没有过分的。还有,第三,他显然是暗示的反对普罗文学(好个可怜的"特殊走狗")!他这是反对普罗文学,暗指着普罗文学的一些理论著作的翻译和创作的翻译。这是普罗文学敌人的话。

但是,普罗文学的中文书籍之中,的确有许多翻译是不"顺"的。这是我们自己的弱点,敌人乘这个弱点来进攻。我们的胜利的道路当然不仅要迎头痛打,打击敌人的军队,而且要更加整顿自己的队伍。我们的自己批评的勇敢,常常可以解除敌人的武装。现在,所谓翻译论战的结论,我们的同志却提出了这样的结语:

"翻译绝对不容许错误。可是,有时候,依照译品内容的性质,为着保存原作精神,多少的不顺,倒可以容忍。"

这是只是个"防御的战术"。而蒲力汗诺夫说:辩证法的唯物论者应当要会"反守为攻"。第一,当然我们首先要说明:我们所认识的所谓"顺",和赵景深等所说的不同。第二,我们所要求的是:绝对的正确和绝对的白话。所谓绝对的白话,就是朗诵起来可以懂得的。第三,我们承认:一直到现在,普罗文学的翻译还没有做到这个程度,我们要继续努力。第四,我们揭穿赵景深等自己的翻译,指出他们认为是"顺"的翻译,其实只是梁启超[8]和胡适之交媾出来的杂种——半文不白,半死不活的言语,对于大众仍旧是不"顺"的。

这里,讲到你最近出版的《毁灭》,可以说:这是做到了"正确",还没有做到"绝对的白话"。

翻译要用绝对的白话,并不就不能够"保存原作的精神"。固然,这是很困难,很费功夫的。但是,我们是要绝对不怕困难,努力去克服一切的困难。

一般的说起来,不但翻译,就是自己的作品也是一样,现在的文学家,哲学家,政论家,以及一切普通人,要想表现现在中国社会已经有的新的关系,新的现象,新的事物,新的观念,就差不多人人都要做"仓颉"[9]。这就是说,要天天创造新的字眼,新的句法。实际生活的要求是这样。难道一九二五年初我们没有在上海小沙渡替群众造出"罢工"[10]这一个字眼吗?还有"游击队","游击战争","右倾","左倾","尾巴主义",甚至于普通的"团结","坚决","动摇"等等等类……这些说不尽的新的字眼,渐渐的容纳到群众的口头上的言语里去了,即使还没有完全容纳,那也已经有了可以容纳的可能了。讲到新的句法,比较起来要困难一些,但是,口头上的言语里面,句法也已经有了很大的改变,很大的进步。只要拿我们自己演讲的言语和旧小说里的对白比较一下,就可以看得出来。可是,这些新的字眼和句法的创造,无意之中自然而然的要遵照着中国白话的文法公律。凡是"白话文"里面,违反这些公律的新字眼,新句法,——就是说不上口的——自然淘汰出去,不能够存在。

所以说到什么是"顺"的问题,应当说:真正的白话就是真正通顺的现代中国文,这里所说的白话,当然不限于"家务琐事"的白话,这是说:从一般人的普通谈话,直到大学教授的演讲的口头上的白话。中国人现在讲哲学,讲科学,讲艺术……显然已经有了一个口头上的白话。难道不是如此? 如果这样,那么,写在纸上的说话(文字),就应当是这一种白话,不过组织得比较紧凑,比较整齐罢了。这种文字,虽然现在还有许多对于一般识字很少的群众,仍旧是看不懂的,因为这种言语,对于一般不识字的群众,也还是听不懂的。——可是,第一,这种情形只限于文章的内容，而不在文字的本身，所以，第二，这种文字已经有了生命，它已经有了可以被群众容纳的可能性。它是活的言语。

所以，书面上的白话文，如果不注意中国白话的文法公律，如果不就着中国白话原来有的公律去创造新的，那就很容易走到所谓"不顺"的方面去。这是在创造新的字眼新的句法的时候，完全不顾普通群众口头上说话的习惯，而用文言做本位的结果。这样写出来的文字，本身就是死的言语。

因此，我觉得对于这个问题，我们要有勇敢的自己批评的精神，我们应当开始一个新的斗争。你以为怎么样？

我的意见是：翻译应当把原文的本意，完全正确的介绍给中国读者，使中国读者所得到的概念等于英俄日德法……读者从原文得来的概念，这样的直译，应当用中国人口头上可以讲得出来的白话来写。为着保存原作的精神，并用不着容忍"多少的不顺"。相反的，容忍着"多少的不顺"（就是不用口头上的白话），反而要多少的丧失原作的精神。

当然，在艺术的作品里，言语上的要求是更加苛刻，比普通的论文要更加来得精细。这里有各种人不同的口气，不同的字眼，不同的声调，不同的情绪，……并且这并不限于对白。这里，要用穷乏的中国口头上的白话来应付，比翻译哲学，科学……的理论著作，还要来得困难。但是，这些困难只不过愈加加重我们的任务，可并不会取消我们的这个任务的。

现在，请你允许我提出《毁灭》的译文之中的几个问题。我还没有能够读完，对着原文读的只有很少几段。这里，我只把莆理契序文[11]里引的原文来校对一下。（我顺着序文里的次序，编着号码写下去,不再引你的译文,请你自己照着号码到书上去找罢。序文的翻译有些错误,这里不谈了。)

(一)结算起来,还是因为他心上有一种——

"对于新的极好的有力量的慈善的人的渴望,这种渴望是极大的,无论什么别的愿望都比不上的。"

更正确些:

结算起来,还是因为他心上——

"渴望着一种新的极好的有力量的慈善的人,这个渴望是极大的,无论什么别的愿望都比不上的。"

(二)"在这种时候,极大多数的几万万人,还不得不过着这种原始的可怜的生活,过着这种无聊得一点儿意思都没有的生活,——怎么能够谈得上什么新的极好的人呢。"

(三)"他在世界上,最爱的始终还是他自己,——他爱他自己的雪白的肮脏的没有力量的手,他爱他自己的唉声叹气的声音,他爱他自己的痛苦,自己的行为——甚至于那些最可厌恶的行为。"

(四)"这算收场了,一切都回到老样子,仿佛什么也不曾有过,——华理亚想着,——又是旧的道路,仍旧是那一些纠葛——一切都要到那一个地方……可是,我的上帝,这是多么没有快乐呵!"

(五)"他自己都从没有知道过这种苦恼,这是忧愁的疲倦的,老年人似的苦恼,——他这样苦恼着的想:他已经二十七岁了,过去的每一分钟,都不能够再回过来,重新换个样子再过它一过,而以后,看来也没有什么好的……(这一段,你的译文有错误,也就特别来得"不顺"。)现在木罗式加觉得,他一生一世,用了一切力量,都只是竭力要走上那样的一条道路,他看起来是一直的明白的正当的道路,像莱奋生,巴克拉诺夫,图曦夫那样的人,他们所走的正是这样的道路;然而似乎有一个什么人在妨碍他走上这样的道路呢。而因为他无论什么时候也想不到这个仇敌就在他自己的心里面,所以,他想着他的痛苦是因为一般人的卑鄙,他就觉得特别的痛快和伤心。"

(六)"他只知道一件事——工作。所以,这样正当的人,是不能够不信任他,不能够不服从他的。"

(七)"开始的时候,他对于他生活的这方面的一些思想,很不愿意去思索,然而,渐渐的他起劲起来了,他竟写了两张纸……在这两张纸上,居然有许多这样的字眼——谁也想不到莱奋生会知道这些字眼的。"(这一段,你的译文里比俄文原文多了几句副句,也许是你引了相近的另外一句了罢?或者是你把莆理契空出的虚点填满了?)

(八)"这些受尽磨难的忠实的人,对于他是亲近的,比一切其他东西都更加亲近,甚至于比他自己还要亲近。"

(九)"……沉默的,还是潮湿的眼睛,看了一看那些打麦场上的疏远的人,——这些人,他应当很快就把他们变成功自己的亲近的人,像那十八个人一样,像那不做声的,在他后面走着的人一样。"(这里,最后一句,你的译文有错误。)

这些译文请你用日本文和德文校对一下,是否是正确的直译,可以比较得出来的。我的译文,除出按照中国白话的句法和修辞法,有些比起原文来是倒装的,或者主词,动词,宾词是重复的,此外,完完全全是直译的。

这里,举一个例:第(八)条"……甚至于比他自己还要亲近。"这句话的每一个字母都和俄文相同的。同时,这在口头上说起来的时候,原文的口气和精神完全传达得出。而你的译文:"较之自己较之别人,还要亲近的人们",是有错误的(也许是日德文的错误)。错误是在于:(一)丢掉了"甚至于"这一个字眼;(二)用了中国文言的文法,就不能够表现那句话的神气。

所有这些话,我都这样不客气的说着,仿佛自称自赞的。对于一班庸俗的人,这自然是"没有礼貌"。但是,我们是这样亲密的人,没有见面的时候就这样亲密的人。这种感觉,使我对于你说话的时候,和对自己说话一样,和自己商量一样。

再则,还有一个例子,比较重要的,不仅仅关于翻译方法的。这就是第(一)条的"新的……人"的问题。

《毁灭》的主题是新的人的产生。这里,弗理契以及法捷耶夫自己用的俄文字眼,是一个普通的"人"字的单数。不但不是人类,而且不是"人"字的复数。这意思是指着革命,国内战争……的过程之中产生着一种新式的人,一种新的"路数"(Type)——文雅的译法叫做典型,这是在全部《毁灭》里面看得出来的。现在,你的译文,写着"人类"。莱奋生渴望着一种新的……人类。这可以误会到另外一个主题。仿佛是一般的渴望着整个的社会主义的社会。而事实上,《毁灭》的"新人",是当前的战斗的迫切的任务:在斗争过程之中去创造,去锻炼,去改造成一种新式的人物,和木罗式加,美谛克……等等不同的人物。这可是现在的人,是一些人,是做群众之中的骨干的人,而不是一般的人类,不是笼统的人类,正是群众之中的一些人,领导的人,新的整个人类的先辈。

这一点是值得特别提出来说的。当然,译文的错误,仅仅是一个字眼上的错误:"人"是一个字眼,"人类"是另外一个字眼。整本的书仍旧在我们面前,你的后记也很正确的了解到《毁灭》的主题。可是翻译要精确,就应当估量每一个字眼。

《毁灭》的出版,始终是值得纪念的。我庆祝你。希望你考虑我的意见,而对于翻译问题,对于一般的言语革命问题,开始一个新的斗争。

J. K. 一九三一,十二,五。

## 回　　信

敬爱的 J. K.[12] 同志:

看见你那关于翻译的信以后,使我非常高兴。从去年的翻译洪水泛滥以来,使许多人攒眉叹气,甚而至于讲冷话。我也是一个偶而译书的人,本来应该说几句话的,然而至今没有开过口。"强聒不舍"[13]虽然是勇壮的行为,但我所奉行的,却是"不可与言而与之言,失言"[14]这一句古老话。况且前来的大抵是纸人纸马,说得耳熟一点,那便是"阴兵",实在是也无从迎头痛击。就拿赵景深教授老爷来做例子罢,他一面专门攻击科学的文艺论译本之不通,指明被压迫的作家匿名之可笑,一面却又大发慈悲,说是这样的译本,恐怕大众不懂得。好像他倒天天在替大众计划方法,别的译者来搅乱了他的阵势似的。这正如俄国革命以后,欧美的富家奴去看了一看,回来就摇头皱脸,做出文章,慨叹着工农还在怎样吃苦,怎样忍饥,说得满纸凄凄惨惨。仿佛惟有他却是极希望一个筋斗,工农就都住王宫,吃大菜,躺安乐椅子享福的人。谁料还是苦,所以俄国不行了,革命不好了,阿呀阿呀了,可恶之极了。对着这样的哭丧脸,你同他说什么呢?假如觉得讨厌,我想,只要拿指头轻轻的在那纸糊架子上挖一个窟窿就可以了。

赵老爷评论翻译,拉了严又陵,并且替他叫屈,于是累得他在你的信里也挨了一顿骂。但由我看来,这是冤枉的,严老爷和赵老爷,在实际上,有虎狗之差。极明显的例子,是严又陵为要译书,曾经查过汉晋六朝翻译佛经的方法,赵老爷引严又陵为地下知己,却没有看这严又陵所译的书。现在严译的书都出版了,虽然没有什么意义,但他所用的工夫,却从中可以查考。据我所记得,译得最费力,也令人看起来最吃力的,是《穆勒名学》和《群己权界论》的一篇作者自序,其次就是这论,后来不知怎地又改称为《权界》,连书名也很费解了。最好懂的自然是《天演论》,桐城气息[15]十足,连字的平仄也都留心,摇头晃脑的读起来,真是音调铿锵,使人不自觉其头晕。这一点竟感动了桐城派老头子吴汝纶[16],不禁说是"足与周秦诸子相上下"了。然而严又陵自己却知道这太"达"的译法是不对的,所以他不称为"翻译",而写作"侯官严复达恉";[17]序例上发了一通"信达雅"之类的议论之后,结末却声明道:"什法师[18]云,'学我者病'。来者方多,慎勿以是书为口实也!"好像他在四十年前,便料到会有赵老爷来谬托知己,早已毛骨悚然一样。仅仅这一点,我就要说,严赵两大师,实有虎狗之差,不能相提并论的。

那么,他为什么要干这一手把戏呢?答案是:那时的留学生没有现在这么阔气,社会上大抵以为西洋人只会做机器——尤其是自鸣钟——留学生只会讲鬼子话,所以算不了"士"人的。因此他便来铿锵一下子,铿锵得吴汝纶也肯给他作序,这一序,别的生意也就源源而来了,于是有《名学》,有《法意》,有《原富》等等。但他后来的译本,看得"信"比"达雅"都重一些。

他的翻译,实在是汉唐译经历史的缩图。中国之译佛经,汉末质直,他没有取法。六朝真是"达"而"雅"了,他的《天演论》的模范就在此。唐则以"信"为主,粗粗一看,简直是不能懂的,这就仿佛他后来的译书。译经的简单的标本,有金陵刻经处汇印的三种译本《大乘起信论》,[19]也是赵老爷的一个死对头。

但我想,我们的译书,还不能这样简单,首先要决定译给大众中的怎样的读者。将这些大众,粗粗的分起来:甲,有很受了教育的;乙,有略能识字的;丙,有识字无几的。而其中的丙,则在"读者"的范围之外,启发他们是图画,演讲,戏剧,电影的任务,在这里可以不论。但就是甲乙两种,也不能用同样的书籍,应该各有供给阅读的相当的书。供给乙的,还不能用翻译,至少是改作,最好还是创作,而这创作又必须并不只在配合读者的胃口,讨好了,读的多就够。至于供给甲类的读者的译本,无论什么,我是至今主张"宁信而不顺"的。自然,这所谓"不顺",决不是说"跪下"要译作"跪在膝之上","天河"要译作"牛奶路"的意思,乃是说,不妨不像吃茶淘饭一样几口可以咽完,却必须费牙来嚼一嚼。这里就来了一个问题:为什么不完全中国化,给读者省些力气呢?这样费解,怎样还可以称为翻译呢?我的答案是:这也是译本。这样的译本,不但在输入新的内容,也在输入新的表现法。中国的文或话,法子实在太不精密了,作文的秘诀,是在避去熟字,删掉虚字,就是好文章,讲话的时候,也时时要辞不达意,这就是话不够用,所以教员讲书,也必须借助于粉笔。这语法的不精密,就在证明思路的不精密,换一句话,就是脑筋有些胡涂。倘若永远用着胡涂话,即使读的时候,滔滔而下,但归根结蒂,所得的还是一个胡涂的影子。要医这病,我以为只好陆续吃一点苦,装进异样的句法去,古的,外省外府的,外国的,后来便可以据为己有。这并不是空想的事情。远的例子,如日本,他们的文章里,欧化的语法是极平常的了,和梁启超做《和文汉读法》时代,大不相同;近的例子,就如来信所说,一九二五年曾给群众造出过"罢工"这一个字眼,这字眼虽然未曾有过,然而大众已都懂得了。

　　我还以为即便为乙类读者而译的书,也应该时常加些新的字眼,新的语法在里面,但自然不宜太多,以偶尔遇见,而想一想,或问一问就能懂得为度。必须这样,群众的言语才能够丰富起来。

　　什么人全都懂得的书,现在是不会有的,只有佛教徒的"唵"字,据说是"人人能解",但可惜又是"解各不同"。就是数学或化学书,里面何尝没有许多"术语"之类,为赵老爷所不懂,然而赵老爷并不提及者,太记得了严又陵之故也。

说到翻译文艺,倘以甲类读者为对象,我是也主张直译的。我自己的译法,是譬如"山背后太阳落下去了",虽然不顺,也决不改作"日落山阴",因为原意以山为主,改了就变成太阳为主了。虽然创作,我以为作者也得加以这样的区别。一面尽量的输入,一面尽量的消化,吸收,可用的传下去了,渣滓就听他剩落在过去里。所以在现在容忍"多少的不顺",倒并不能算"防守",其实也还是一种的"进攻"。在现在民众口头上的话,那不错,都是"顺"的,但为民众口头上的话搜集来的话胚,其实也还是要顺的,因此我也是主张容忍"不顺"的一个。

但这情形也当然不是永远的,其中的一部分,将从"不顺"而成为"顺",有一部分,则因为到底"不顺"而被淘汰,被踢开。这最要紧的是我们自己的批判。如来信所举的译例,我都可以承认比我译得更"达",也可推定并且更"信",对于译者和读者,都有很大的益处。不过这些只能使甲类的读者懂得,于乙类的读者是太艰深的。由此也可见现在必须区别了种种的读者层,有种种的译作。

为乙类读者译作的方法,我没有细想过,此刻说不出什么来。但就大体看来,现在也还不能和口语——各处各种的土话——合一,只能成为一种特别的白话,或限于某一地方的白话。后一种,某一地方以外的读者就看不懂了,要它分布较广,势必至于要用前一种,但因此也就仍然成为特别的白话,文言的分子也多起来。我是反对用太限于一处的方言的,例如小说中常见的"别闹""别说"等类罢,假使我没有到过北京,我一定解作"另外捣乱""另外去说"的意思,实在远不如较近文言的"不要"来得容易了然,这样的只在一处活着的口语,倘不是万不得已,也应该回避的。还有章回体小说中的笔法,即使眼熟,也不必尽是采用,例如"林冲笑道:原来,你认得。"和"原来,你认得。——林冲笑着说。"这两条,后一例虽然看去有些洋气,其实我们讲话的时候倒常用,听得"耳熟"的。但中国人对于小说是看的,所以还是前一例觉得"眼熟",在书上遇见后一例的笔法,反而好像生疏了。没有法子,现在只好采说书而去其油滑,听闲谈而去其散漫,博取民众的口语而存其比较的大家能懂的字句,成为四不像的白话。这白话得是活的,活的缘故,就因为有些是从活的民众的口头取来,有些是要从此注入活的民众里面去。

临末,我很感谢你信末所举的两个例子。一,我将"……甚至于比自己还要亲近"译成"较之自己较之别人,还要亲近的人们",是直译德日两种译本的说法的。这恐怕因为他们的语法中,没有像"甚至于"这样能够简单而确切地表现这口气的字眼的缘故,转几个弯,就成为这么拙笨了。二,将"新的……人"的"人"字译成"人类",那是我的错误,是太穿凿了之后的错误。莱奋生望见的打麦场上的人,他要造他们成为目前的战斗的人物,我是看得很清楚的,但当他默想"新的……人"的时候,却也很使我默想了好久:(一)"人"的原文,日译本是"人间",德译本是"Mensch",都是单数,但有时也可作"人们"解;(二)他在目前就想有"新的极好的有力量的慈善的人",希望似乎太奢,太空了。我于是想到他的出身,是商人的孩子,是智识分子,由此猜测他的战斗,是为了经过阶级斗争之后的无阶级社会,于是就将他所设想的目前的人,跟着我的主观的错误,搬往将来,并且成为"人们"——人类了。在你未曾指出之前,我还自以为这见解是很高明的哩,这是必须对于读者,赶紧声明改正的。

总之,今年总算将这一部纪念碑的小说,送在这里的读者们的面前了。译的时候和印的时候,颇经过了不少艰难,现在倒也退出了记忆的圈外去,但我真如你来信所说那样,就像亲生的儿子一般爱他,并且由他想到儿子的儿子。还有《铁流》,我也很喜欢。这两部小说,虽然粗制,却并非滥造,铁的人物和血的战斗,实在够使描写多愁善病的才子和千娇百媚的佳人的所谓"美文",在这面前淡到毫无踪影。不过我也和你的意思一样,以为这只是一点小小的胜利,所以也很希望多人合力的更来绍介,至少在后三年内,有关于内战时代和建设时代的纪念碑的文学书八种至十种,此外更译几种虽然往往被称为无产者文学,然而还不免含有小资产阶级的偏见(如巴比塞)[20]和基督教社会主义[21]的偏见(如辛克莱)[22]的代表作,加上了分析和严正的批评,好在那里,坏在那里,以备对比参考之用,那么,不但读者的见解,可以一天一天的分明起来,就是新的创作家,也得了正确的师范了。

鲁迅 一九三一,十二,二八。

\* \* \*

〔1〕 本篇最初发表于1932年6月《文学月报》第一卷第一号。发表时题为《论翻译》,副标题为《答J.K.论翻译》。J.K.即瞿秋白。他给鲁迅的

这封信曾以《论翻译》为题,发表于1931年12月11日、25日《十字街头》第一、二期。

〔2〕 Z同志 指曹靖华(1897—1987),河南卢氏人,未名社成员,翻译家。当时在苏联列宁格勒大学任教,译有《铁流》等。

〔3〕 "教堂斯拉夫文" 即教会斯拉夫文,是十一至十七世纪东部斯拉夫人(俄罗斯人、乌克兰人和白俄罗斯人)和南部斯拉夫人(保加利亚人、塞尔维亚人和克鲁特人)在祷告时使用的语文。在俄国,这种文字曾广泛用于宗教性著作和学术著作,对十八世纪以前的俄语有过很大的影响。

〔4〕 洛莫洛莎夫(М. В. Ломоносов,1711—1765) 通译罗蒙诺索夫,俄国学者,著有《俄国语法》等。现代俄国文学语言即由他开始建立,经过普希金而奠定了巩固的基础。普希金(А. С. Пушкин,1799—1837),俄国诗人,著有长诗《叶甫盖尼·奥涅金》、小说《上尉的女儿》等。

〔5〕 译须信雅达,文必夏殷周 严复(几道)在《天演论·译例言》中说:"译事三难:信、达、雅。求其信已大难矣;顾信矣,不达,虽译犹不译也,则达尚焉。""为达即所以为信也。""三者(按即信、达、雅)乃文章正轨,亦即为译事楷模。故信达而外,求其尔雅。"又吴汝纶为《天演论》作《序言》中有"严子一文之,而其书乃骎骎与晚周诸子相上下"等语。

〔6〕 "严译名著" 指严复所译英国赫胥黎《天演论》、英国亚当·斯密(1723—1790)《原富》、英国甄克思(1861—1939)《社会通诠》、英国穆勒(1806—1873)《群己权界论》、法国孟德斯鸠(1689—1755)《法意》、英国斯宾塞(1820—1903)《群学肄言》、英国耶方思(1835—1882)《名学浅说》、穆勒《名学》等书。这些书曾陆续出版,1920年前后商务印书馆把它们汇集重印,总称《严译名著丛刊》。

〔7〕 宁错而务顺,毋拗而仅信 这是对赵景深翻译主张所作的归纳,参看本书《几条"顺"的翻译》及其注〔2〕。

〔8〕 梁启超(1873—1929) 字卓如,号任公,广东新会人,学者,清末维新运动领导者之一。他用浅显的文言著述,撰有《饮冰室文集》。鲁迅复信中提到的《和文汉读法》,是他写的一本供中国人学日语用的书。

〔9〕 "仓颉" 相传是黄帝的史官,我国最初创造文字的人。

〔10〕 "罢工" 1925年2月9日上海小沙渡日商内外棉纱厂工人大罢工,首先使用"罢工"一词,此前工人称罢工为"摇班"。

〔11〕 茀理契(В. М. Фриче,1870—1927) 苏联文艺评论家、文学史家。他曾为法捷耶夫的长篇小说《毁灭》写了《代序——一个新人的故事》。

〔12〕 J. K. 即瞿秋白(1899—1935),又名霜,江苏常州人,中国共产党早期领导人之一。1927年国民党背叛革命后,他主持召开"八月七日党中央紧急会议",结束陈独秀右倾机会主义路线。1927年冬至1928年春,在担任中共中央政治局临时书记时,犯有"左"倾盲动错误。后受王明的排挤,1931年至1933年在上海从事革命文化工作,与鲁迅结下友谊。1934年到中央苏区,任苏维埃政府教育人民委员。红军主力长征后,他留在苏区,1935年3月在福建长汀被国民党逮捕,同年6月18日被杀害。

〔13〕 "强聒不舍" 语出《庄子·天下》:"上说下教,虽天下不取,强聒而不舍者也。"

〔14〕 "不可与言而与之言,失言" 语出《论语·卫灵公》。

〔15〕 桐城气息 指桐城派的文章风格。清代方苞、刘大櫆、姚鼐等人主张师法先秦两汉及唐宋八大家的作品,讲究义理、考据、词章,他们的创作形成一种文学流派。因为方、姚都是安徽桐城人,所以被称为桐城派。

〔16〕 吴汝纶(1840—1903) 字挚甫,安徽桐城人,桐城派后期作家。

〔17〕 严复关于"达恉"的话,见《天演论·译例言》,原文说:"译文取明深义,故词句之间,时有所傎到(颠倒)附益,不斤斤于字比句次,而意义则不倍(背)本文。题曰达恉,不云笔译,取便发挥,实非正法。什法师有

云:'学我者病'。来者方多,幸勿以是书为口实也。"

〔18〕 什法师(344—413) 即鸠摩罗什法师,十六国时后秦高僧,佛经翻译家。原籍天竺(古印度),生于西域龟兹国(今新疆库车)。后入长安,为后秦姚兴国师。他和弟子八百多人,曾用意译的方法,译出佛经七十四部,共三八四卷。

〔19〕 《大乘起信论》 解释大乘教理的佛教经书。相传为古印度马鸣著,我国有南朝梁真谛和唐代实叉难陀的译本。南京金陵刻经处 1898 年曾出版收有这两种译文的《大乘起信论会译》。

〔20〕 巴比塞(H. Barbusse,1873—1935) 法国作家,主要作品有长篇小说《火线》、《光明》及《斯大林传》等。

〔21〕 基督教社会主义 十九世纪中叶在欧洲形成的一种社会思潮。它把基督教的教义涂上社会主义色彩,认为只要实行基督教的"博爱"、"互济"等教义,就能使劳苦大众摆脱一切社会苦难。代表人物有英国的莫里斯和金斯莱等。

〔22〕 辛克莱(Upton Sinclair,1878—1968) 美国小说家。著有长篇小说《屠场》、《石炭王》、《世界末日》等。

# 现代电影与有产阶级[1]

〔日本〕岩崎·昶[2] 作

## 一 电影与观众

电影的发明,是新的印刷术的起源。曾经借着活字和纸张,而输运开去,复制出来的思想,是有着使中世的封建底、旧教底社会意识,归于坏灭的力量的。

有产者底社会的勃兴,宗教改革,那些重大的历史底契机,由此得了结果了。现在,在思想的输运上,在观念形态的决定上,电影所负的任务,就更加积极底,更加意识底了。它是阶级社会的拥护,也是新的"宗教改革"。

这新的印刷术,是由于将运动的照相的一系列,印在Zelluloid的薄膜上而成立的。那活字,并非将概念传给读者,却给以动作和具象。这在直接地是视觉底的这一种意义上,是无上的通俗底的而同时也是感铭底的活字,在原则底地没有言语这一种意义上,则是国际底活字。作为宣传,煽动手段的电影的效用,就在这一点。

当考察作为宣传,煽动手段的电影之际,比什么都重大的,是电影和在那影响之下的大众的关联。

我想用了具体底的数目字来描写它。

据英国的电影杂志《The Cinema》所发表的统计,则一星期中的电影看客之数,其非常之多如下。

### 亚美利加

| | |
|---|---|
| 常设馆数 | 15,000 |
| 人口 | 106,000,000 |
| 每星期的看客数 | 47,000,000 |
| 对于人口的比率 | 45% |

### 英吉利

| | |
|---|---|
| 常设馆数 | 3,800 |
| 人口 | 44,000,000 |
| 每星期的看客数 | 14,000,000 |
| 对于人口的比率 | 33.3% |

### 德意志

| | |
|---|---|
| 常设馆数 | 3,600 |
| 人口 | 63,000,000 |
| 每星期的看客数 | 6,000,000 |
| 对于人口的比率 | 10.5% |

(Hans Buchner—Im Banne des Films S. 21.)

又,这些常设馆的收容力的总计,是可以看作每日看客数目的平均底数字的,如下表所示——

### 常设馆与收容力

| | 常设馆数 | 收容人员 |
|---|---|---|
| 亚美利加 | 15,000 | 8,000,000 |
| 德意志 | 3,600 | 1,500,000 |
| 英吉利 | 3,800 | 1,250,000 |

于这些数字,乘以 365 则得

$8,000,000 \times 365 = 2,920,000,000$(亚美利加)

$1,500,000 \times 365 = 547,500,000$(德意志)

$1,250,000 \times 365 = 456,250,000$(英吉利)

就可以算作一年间的看客总额的大概。

但这些数字,还是一九二五年度的调查,若据较新的统计,则世界各国的常设馆数,总计约在六万五千以上。

内计——

| 亚美利加 | 20,000 |
| --- | --- |
| 德意志 | 4,000 |
| 法兰西 | 3,000 |
| 俄罗斯 | 10,000 |
| 意大利 | 2,000 |
| 西班牙 | 2,000 |
| 英吉利 | 4,000 |
| 日本 | 1,100 |

(Léon Moussinac—Panoramique du Cinéma,p. 17)[1]

由此看来,则美,德,英三国,在常设馆数上,显示着约三成至

---

[1] Moussinac 所举的数字,并未揭出调查年度。推想起来,恐怕是一九二七年末的统计罢。

据一九二八年度的《Film-Daily》及其他的调查,则亚美利加于这数字上,增加2.5%有二万五百的常设馆;日本增加10%成为千二百;德国增加30%成为五千二百六十七(收容座位数一八七六六〇一)了。而这些,还是除掉了移动电影馆,非商业底剧场的数字。

一成的增加。于看客数,也可以想定为大约同率的增加;于这三国以外的诸国,也可以推为同样的增加率。

就是,虽在一九二五年度的统计,一年间的电影看客的总额,就已经到了在亚美利加是约二十九亿,在欧罗巴是二十亿,在亚细亚,腊丁·亚美利加,加拿大,亚非利加等是十亿,总计五十九亿那样的好像传奇的空想底数字了。

电影所支配的这庞大的观众,以及电影形式的直接性,国际性,——就证明着电影在分量上,在实质上,都是用于大众底宣传,煽动的绝好的容器。

## 二 电影与宣传

要正当地认识那作为宣传,煽动手段的电影的价值,必须知道所谓"宣传电影"这一句熟语,以及那概念之无意义。

为了介绍日本的好风景于外国,以招致游客而作的电影,富士山,艺妓,日光,温泉等等,我们常常称之为宣传电影。凡这些,有时是因了教导疾病的预防法,奖励邮政储金,劝诱保险之类的目的而照的。那时候,我们便立刻感到装在那些软片之中的目的,领会了肺结核之可怕,开始贮金,加入生命保险去。然而利用了公会堂,小学校讲堂之类来开演的宣传电影,往往是不收费用的,既然白给人看,便会立刻发生疑惑,以为来演的那一面,一定有着白给人看的根由。这种宣传电影,目的的意识就马上被看透。

有着衰老而盲目的母亲的独养子一太郎君,得了召集令,将母亲放在她的一切衰老和盲目之中,"为了君国",出征去"膺惩可恶的仇敌"了。勇壮的日章旗,万岁,一太郎呀!我们往往被给看这种军国美谈的东西。而这些东西,乃是×××电影公司所制的商业电影,当开演时,也并不叨公会堂和小学校讲堂的光,收取着有名誉的观览费,在普通的常设馆里堂皇地开映。一到这样,善良而无疑的看客,便不觉得这是宣传电影了。他们就将自己的付过正当的观览费这一个事实,做了那影片并非宣传电影的证明。其实,单纯的看客,是没有觉到陷于被那巧妙地布置了的宣传所煽动,所欺骗,然而对于那欺骗,还要付钱的二重欺骗的。

在市民底的用语惯例上的"宣传电影"的无意义,大略就如此。为什么呢,因为没有目的的电影,因而就不是宣传电影的电影之类的东西,不过是幻想的缘故。

我们能够就现在所制成的一切影片,将那隐微的目的——有时这还未意识底地到了目的地步,止是倾向以至趣味的程度罢了,但那倾向以至趣味,结果也是一个重要的宣传价值——摘发出来。那或是向帝国主义战争的进军喇叭,或是爱国主义,君权主义的鼓吹,或是利用了宗教的反动宣传,或是资产者社会的拥护,是对于革命的压抑,是劳资调和的提倡,是向小市民底社会底无关心的催眠药,——要之,是只为了资本主义底秩序的利益,专心安排了的思想底布置。

在一九二八年,开在墨斯科的中央委员会的席上,关于电影,有了

"将电影放在劳动者阶级的手中,关于苏维埃教化和文

化的进步的任务,作为指导,教育,组织大众的手段。"的决议了。苏维埃电影的任务,即在在世界的电影市场上,抗拒着资本主义底宣传的澎湃的波浪,而作×××××宣传。

世界现今是正在作为第二次大战的准备的,观念形态斗争的涡中。而电影,是和那五十九亿的看客一同,可以在这斗争的秤盘上,加上决定底的重量去的。

## 三　电影和战争

资本主义底宣传电影之中,占着最重要的部门的,是战争影片。

将战争收入电影里去,已经颇早了。当电影刚要脱离襁褓的时候,我们就看见了罗马,巴比伦,埃及之类的兵卒的打仗。这是那时的电影对于舞台的唯一的长处,为了要使利用了自由的Location(就地摄影)和巨大的Set(场内陈设)和大众摄影的光景的魅力,发现到最大限度,所以设法出来的。辉煌的古代的铠甲,环以城垣的都市,神祠,奇怪的偶像,枪,盾,矛,火箭,石弩,这样异域情调的,而在当时,又是壮丽的布置,便忽然眩惑了对于电影还很幼稚的大众的眼,正合了时尚了。

但在初期的这类的战争,归根结蒂,和大排场的马戏,比武之类的把戏,也并无区别。古代罗马和凯尔达戈,都不是现代电影看客的祖国。战争也不过仗了那动底的煽情底的视觉,使他们兴奋,有趣罢了。

引进近代的战争去,而在那里面分明地装入有意识的宣传底要素的最初的电影制作者,我以为恐怕是葛蕾菲士(D. W. Griffith)罢。他在取材于南北战争的《一民族之诞生》(Birth of a Nation),《亚美利加》(America)这些影片上,赞美北军的英雄主义,将所谓合众国建国的精神,化为正当,化为美丽了。凡这些,虽不如后出的许多好战底影片那样,积极底地鼓吹了对外战争,但那目的,则仍在对于国民中有着驳杂分子的人种博物馆一般的合众国和其居民,涵养其确固的国家底概念,爱国心。"十足的亚美利加人"这一句口号,流行起来,成为"亚美利加化"运动的有力的武器,对于从爱尔兰来的巡警,从昔昔利来的菜商,于黑人,于美洲印第安,也都想印上这脸谱去了。

"亚美利加化"的历程,以欧洲大战的勃发,亚美利加的参战,以及和这相伴的急速的帝国主义化为契机,而告了完成。

亚美利加和对德宣战同时,还必须送一百万军队到法兰西去,于是开始了速成的募兵,施行了速成的海军扩张。奏着煽动底的进行曲的军乐队,在各处都市的大街上往来,各十字路口帖着传单,报纸独于此时候说些"亚美利加市民"的义务。易受煽动的青年们,或者为着不去应募,将被恋人所鄙弃,或者为着对于生活,觉得厌倦,或者又为着"进了海军去看看世界",就来当募兵了。当此之际,亚美利加政府之宣传,也是有史以来的最大规模,而且最见效果的了。

在这宣传之战,充了最主要的脚色的,是新闻和电影。当这时期,在本来的意义上的战争电影,这才制作出来了。

在以根据西班牙的发狂底反对德国者伊本纳支(Blasco Ibáñez)的原作《默示录的四骑士》(Four Horsemen of the Apocalypse),《我们的海》(Mare Nostrum)为代表作品的战争影片上,亚美利加的支配阶级便描写出德国军队的如何凶残,德国潜艇的如何非人道,巧妙地煽动了单纯的花旗人。

然而花旗帝国主义开始呈露它本来的锐锋,却在欧战收场之后,懂得了大众的军国化,是应该在平时不断地安排的时候。

在一九二〇年代的前半,切实地支配了全世界人类的脑子的,首先是活泼泼的战争的记忆。于是发生一种欲望,要符世界大战这一个重大的历史底事件,在国民底叙事诗的形态上,艺术底地再现出来,正是自然的事。而所作的电影,就切实地倾向大众的兴味和感情上去,也正是自然的事。将这有利的情势,忽然利用了的,是花旗帝国主义。战争的叙事法,便以最为好战底的煽动企图,创作出来了。

战争影片的不绝的系列,产生了。《战地之花》(Big Parade),《飞机大战》(Wings)以下,许多反动底宣传影片,列举名目就不胜其烦。不消说,那些电影是没有战时的纯粹的煽动影片一般地露骨的,制作之法,是添些乐剧式恋爱的适当的甘甜,以及掩饰些人道主义底的战争批评的药料,弄得易于下咽,使能在较自然,较暗默之中,达到宣传的目的。但虽然是十分小心的假面,而其究竟目的之所在,则同是将遮眼的东西给与大众,使不明帝国主义底战争的本质,以及赞美亚美利加军队的英雄主义,有时还宣传军队生活的放恣和有趣罢了。(我深惜在这里没有揭出这种战争影片的完全的目录,以那代表底的几个例子,来使我的叙述更加具体起来的纸面和时间了。但我相信将来会有补正的机会的。)

就战争和电影所历叙的这些事实,那自然,也决不是惟亚美利加所独有的特别现象。倒是在别的一切帝国主义强国里,都在争先兴办的。德国将《大战巡洋舰》(Emden)《世界大战》(Weltkrieg)等呈在我们的眼前,法国是制作了《凡尔登——历史的幻想》(Verdun——Vision d´histoire)《蔼克巴什》(L'Equipage)等,英国则以《黎明》(Dawn),日本则以《炮烟弹雨》,《地球在回旋》和《蔚山洋西的海战》等,竭力用心于"军事思想"的普及。

当叙述完战争电影之际,而没有提及作为几个例外底现象的反对战争的倾向,怕是不妥当的罢。

我们在《战地之花》里,在几个段落里,虽然是太感伤底的,然而总算也看见了描写着诅咒战争的心情。那心理,在《战地鹃声》(What Price Glory)中,就更为积极底地表白着。但在这些影片上,对于战争的确然的批评和态度,并无一定。只有着和卓别林(Charlie Chaplin)曾在《从军梦》(Shoulder Arms)里,将战争化为谑画了那样的同一程度的认识。

和这比较起来,技术上非常卓拔的战争影片《帝国旅馆》(Hotel Imperial)的导演者 Erich Pommer 所作的《铁条网》(Barbed Wire),倘临末没有那高唱人类爱的可笑的夸张,则和猛烈地讽刺了帝国主义战争的名喜剧《阵后谐兵》(Behind the Front)一同,大概是可以属于反战争电影的范畴的了。

## 四　电影与爱国主义

爱国底宣传电影，也是世界大战后的显著的现象。为什么呢？因为这种电影，虽有外形上的差违，但终极之点，是在向帝国主义战争的意识的准备，鼓舞，在那君权主义上，在那好战性上，和战争影片是本质底地相关联的。

那么，那目的是在那里呢？

直接地，是宣传团体观念，国旗之尊严，间接地，是奖励暴力，使民心倾向右翼政党，当和外国争夺资本市场之际，即刻有军事行动的事，成为妥当化。

这种影片的最活泼的影响，大抵见于选举国会议员，选举大总统的时期，如德国的国权党，尤其是能够仗了爱国主义的电影，博得许多的投票。

例如叫作《腓立大王》(Fridericus Rex，这在日本，是大加短缩，改题为《莱因悲怆曲》了)的普鲁士勃兴的历史影片，是其中的最获成功的。那正是大战后的张皇的时代，且正值跟着德国革命的失败而来的反动的火头上，这是有产阶级的巧妙的宣传。穷极，饿透了的小市民们，在这影片中，看见精锐的腓立大王的禁军的行进，看见七年战争的冠冕堂皇的胜利，于是想起了往日的皇帝的治世，便在无智的廉价的感激中，鼓掌蹈足，吹起口笛来了。

接着这个，而国民底英雄俾士麦的传记，化成电影了，兴登堡的传记，化成电影了。

二心集

《俾士麦》(Bismarck)者，单为了那制作，就设起俾士麦电影公司来，照成了两部二十余卷的巨制，凡在这帝国主义底政治家一生中的一切爱国底，煽情底的要素，都一无遗漏地填进在那里面。①

《兴登堡》(Hindenburg)者，是乘这老将军当选为大统领——这叨光于影片《腓立大王》和《俾士麦》之处是多么的大呵。——之机，为了他的收罗人心而作的。

一九二七年春，德意志国权党领袖之一，奥古斯德·霞尔书店的事实上的所有者福干培克，乘德国大公司之一乌发公司的财政危机，买进了那股票的过半，坐了乌发公司总经理的交椅了。于是德国的电影事业和那影响力，便全捏在国权党的手里。福干培克立刻在乌发公司的出品计划上，露骨地显示了他的政治底主张。那最是世界底的例子，是《世界大战》(Weltkrieg)的二部作。

对于这，社会民主党的内阁便即刻取了牵制底手段。就是，使德意志银行来对抗福干培克，投资于乌发公司。为了使德国的独占底大电影公司不成为国权党宣传机关，这是不得已的方法。

---

① 《俾士麦》影片公演时所散布的纲要书上，载着这样的说明——

"我们的影片的祖国底的目的(der vaterlaendische Zweck)，也规定了那内面的结构和事件的时间底限制。所以俾士麦的少年时代，仅占了极简略的开端。(中略。)而且这故事，是应该以一八七一年的德意志建国收场的。为什么呢？就因为跟着发生的国内的纷争，以及他的退隐，是惹起阴沉的回忆，不使观者结合，却使之乖离，有违于这电影全体的祖国底的目的的缘故。这影片的主要部分，是将从一八四七年，俾士麦入了政治底生活的时候起，至一八七一年止，作为一个完成了的戏曲的。(下略。)"

《世界大战》①已有删节的片子,绍介于日本(译者按:在上海,去年也大演了一通),那是有着怎样的倾向和主张的事,大约现在早可以无须详说了罢。

在表面上所标榜的,《世界大战》是将一九一四年至一九一七年的战争中所摄的各国(大抵是德法)的照片,凭了纯粹的历史底客观而编辑的留在软片上的记录。

而且这比起专一描写本国军队的胜利的,勇敢的,爱国的亚美利加式电影来,也真好像近于写实。然而注意较深的观察者,却即刻可以看见。从丹南培克之战起,常只将兴登堡将军的胜利,重复地映出了好几回。而且和写着"在战时屡救祖国的将军,当平和时,也作为大统领而尽力于祖国"等语的字幕一同,这电影也就完结了。②

--------

① 当《世界大战》开演之际,关于这影片,有一个将军述其所感,登在报上道——

　"战争是完全可怖的,但我们是认战争,因为在战争中,再没有较之辱没自己的职务,尤为可怖的运命了。我们的青年们,对于战争的恐怖,应该以平静的镇定和确固的意志而进行。所以这影片的凄惨的场面,决不是可以厌恶的东西,却对于这影片给了意义,增了价值。"

② 作为属于这范畴的影片,可以列举出《路易飞迭南公子》(Prinz Louis Ferdinand),《乌第九号》(U.9.),《猫桥》(Katzensteg),《律查的猛袭》(Luelzows Wilde Verwegene Jagd),《希勒的军官们》(Schillsche Offiziere),《大战巡洋舰》(Emden),《我们的安罩》(Unser Emden)及其他的德国影片等;《拿破仑》(Napoléon),《贞德》(Jeanne d'Arc)——但并非输入日本的 Karl Dreier 的作品——等法国影片;《珂罗内勒和孚克兰岛的海战》(The Battles of Coronel and Falkland Islands)等英国影片来。

　至于亚美利加,则连在《彼得班》(Peter Pan),《红皮》(Red Skin)之类的童话和乐剧中,也发见了训导 Stars and Stripes(译者按:星星和条纹＝花旗)之尊严的机会了。

## 五　电影和宗教

通一切时代，宗教一向在供支配阶级的御用，是已经证明了许多次数的。

这在东洋，则教人以佛教底的忍从和蔑视现世，在西方，则成为基督教底平和主义，想阻止现存的阶级社会的积极底改革。

到二十世纪，宗教虽然已经失却了昔日的权威和信仰，但倒是因为失却，所以对于那支配阶级的奴仆状态，也就愈加露骨，故意起来了。

在物质文明发达较迟的国度中，宗教还有着大大的宣传煽动力。资本主义于是将宗教和电影相结合，能够同时利用了。

例如《十诫》(The Ten Commandments)，《基督教徒》(Christian)，《宾汉》(Ben Hur)，《万王之王》(King of Kings)，《犹太之王，拿撒勒的耶稣》(I. N. R. I.)之类的基督教宣传电影，《亚细亚之光》(Die Leuchte Asiens)，《大圣日莲》之类的佛教电影，是和感激之泪一同，从全世界的愚夫愚妇，善男信女的衣袋里，赚得确实的布施，从商业底方面看起来，也是利益最多的影片。一切宗派中，罗马加特力教会是最留意于电影的利用的，每年开一回电影会议，议定着那一年中全世界底宣传的计划。

在我们的周围，宗教之力早已几乎视若无物了。至多，也不过本愿寺,日莲宗之流,组织了巡行电影团,竭力想维系些乡下农民的信仰。然而因此便推定宗教的世界底无力,是不可以的。只要看在苏维埃的文化革命的历程中,还不能放掉对于宗教的斗争,而在实行的事实,大概就可以明白其间情势了。①

## 六　电影和有产阶级

为资本主义底生产方法和有产者政府的监视所拘束的现今电影的一切,几乎都被用于拥护有产阶级的事,我相信是已经很明显了的。

但在这里,却将电影和有产阶级的关系,限于较狭的意义,只来论及直接服役于市民有产阶级的光荣和支配的电影这一种。

这种电影,可以分成三样概括底区别。

那第一种,是和封建底,乃至贵族底社会相对抗,而尽讴歌有产阶级之胜利的任务的。因此那全部,几乎都是取材于市民底社会的勃兴的历史影片。××,或者××的野兽底横暴,在其下尝着涂炭之苦的农民,工商阶级。到影片的第七卷,而有产阶级终于蜂起,将电影底的极顶(Climax)和壮大的群集(mob scene),在这里大行展开,这是那典型底的结构。

---

① 在最近的苏维埃影片《活尸》(Der Iebende Leichnam)中,我们也能够看见将对于宗教的斗争,采为分明的纲要。

但在大多数的影片上，有产阶级是决不作为一个阶级底总体而蹶起的，大抵由一个（往往是贵族出身，年青，而又眉目秀丽的！）英雄所指导，力点就放在那个人底的英雄主义上。作为那最是性格底的作品，读者只要记起《罗宾汉》(Robin Hood)，《斯凯拉谟修》(Scaramouche)，《定情之夕》(A Night of Love)来，大约就足够了。在日本的时代剧，尤其是剑剧影片之中，我们也有那不少的例子。

　　但是，我们又能够在那历史底时代，发见新兴有产阶级所演的革命的脚色，和现在的无产阶级的斗争，其间有很大的类似(Analogie)。倘作者将意识底的强音(Akzent)集中于此的时候，是可以产生优秀的作品的。如《熊的结婚》，《农奴之翼》，《斯各丁城》，《忠次旅行日记》等，便是那仅少的代表。

　　第二种，是反对无产阶级革命的电影。

　　《党人魂》(Volga Boatman)是当内务省检阅之际，惹起了大问题，终于遭了警视厅来制限其开映的忧患的影片，但那内容是什么呢？

　　《大暴动》(Tempest；译者按：在上海映演时，名《狂风暴雨》)也靠了长有数卷的小插画，这才好容易得以许可开演的影片，然而那所选的是怎样的主题呢？

　　这些影片，是只在用俄国的无产阶级革命为背景这一点上，因而遭了禁止，或重大的删剪的。但要之，那所描写，是将无产阶级革命当作了无统制的暴民的一揆。无教育而不道德的农民和劳动者，倚恃着多数，攻入贵族的城堡去，破坏家具，

××美丽的少女,酗酒,单喜欢流血。那是在无产阶级的胜利上,特地蒙上暴虐的假面,涂些污泥,使小市民变成反革命起见而作的有产阶级的××。我们于此,看见了如拥护有产者社会而设的宣传电影,却被××××××的××所禁止的那种奇怪而且愉快的现象了。

固然,在《约翰南伊之爱》(Liebe der Jeanne Ney)和《最后的命令》(The Last Command)上,剪去了十月革命,那却是检阅者十分做了他所该做的事的。

最后,就来了以《大都会》(Metropolis;译者按:在上海映演时,名《科学世界》)为典型的劳资调和电影的一连串。

关于《大都会》,现在已经无须在这里缕述了。那是揭着"头和手之间,非有心脏不可"这标语的社会民主主义者,宣讲着资本家和劳动者可以不由战争,但靠相互底的协力与爱,即能建设新社会云云的巴培尔塔以前的童话。①

## 七　电影与小市民

有产阶级的电影底宣传,一到阶级间的对立逐渐鲜明地,决定底地尖锐起来,也就陷在无可避免的绝地里了。

---

① 论难攻击了《Metropolis》而显了英雄的英国的改良主义底时行作家威尔士(H. G. Wells),在那近著《The King Who Was a King——The Book of a Film》上,关于战争的绝灭,大要着使日内瓦的政治家们也要脸红那样反动底Demagogie(笼络群众手段),那是滑稽之至的。

在实际上,电影是以大多数的小市民和无产阶级为看客的。而他们,小市民和无产阶级,早已渐渐地觉察出有产阶级的诡计来了。就是,已经注意于"支配阶级制作了宣布那服从于己的观念形态的影片,而以此来做掠取无产者的衣袋的手段"这事实的真相了。

卢那卡尔斯基关于苏维埃电影,曾经说明过"拙劣的煽动,却招致反对的结果"这原则,在这里,却被有产者底地应用了。

露骨的宣传是停止了。最所希望的,是使电影的看客看不见"阶级"这观念。至少,是坐在银幕之前的数小时中,使他们忘却了一切社会底对立。

这样子,就产生了小市民的影片。①

---

① 关于小市民影片的发生,在一九二七年一月所作的拙稿《电影美学以前》里,虽然很简约,却已曾略述过了的。以下数行,请许其拔萃,以便读者的理解。

"(前略)登场人物,是在高大的宫殿里占着王座的富豪。富豪,是良善的。富豪的女儿,是美的。小市民出身的年青的男子,溜出阶级斗争的背后,要高升到富豪的家族里面去。他就简单地只靠了恋爱,走上了一段阶级的梯子。为了他和富豪的女儿,常设馆的可怜的乐队,就奏起结婚进行曲来。

"富豪由此得到恭维。小市民为这飞腾故事所激励,觉得要誓必尽忠于有产阶级。

"但人们,大部分是无产者的人们,这样却还不满足。

"没有破绽的商人,于是来设法。他们便想一切都避开'阶级'这一个观念。

"于是家庭剧发生了。那对于阶级的对立,是彻头彻尾,要掩住看客的眼睛,连两个不同的阶级的存在,也避开不写。将一切问题和倾向,都置之不顾,但竭力将'谨慎的'小市民的生活,仅在他们的生活圈内,描写出来。那'大抵是关于恋爱的柔滑的故事',或则以母性爱为主题,其中虽一个无产者,一个资本家,也不准登场。只有小市民阶级作为惟一的阶级,在独裁着。(后略)"

在小市民家庭剧中,有两种特征底的倾向——

一,是那罗曼主义。

二,是那弄玄妙(Sophistication)。

粗粗一看,则现在的电影,尤其是电影剧,乃是写实主义底的。而且许多人们,都抱着这样的幻想。但其实,除了极少数的第一流作品以外,一切全没有什么现实底的申诉的。

自然,虽说是罗曼主义,但和给十九世纪时有产阶级革命的艺术以特征的那生着火焰之翼的罗曼主义,是不一样的。这是为了平庸,近视,乐天底的小市民们而设的,也是平庸,近视,乐天底的罗曼主义。这于迭克萨的农民,芝加各的公司人员,亚理梭那的牧童,纽借那的送牛奶人,纽约的速记生,毕兹巴格的野球选手,东京的中学生,横滨的水手,无不相宜。说起来,就是Ready-made(现成)的罗曼主义。作为那象征底的形相,则有珂林・谟亚(Collin Moore),瑙玛・希拉(Norma Shearer),克莱拉・宝(Clara Bow),从一九二六年起,顺次登场来了。就是那样程度的罗曼主义。

每星期薪水(美金)二十五元的大学生出身的公司职员和美尔顿百货公司的娇娃的恋爱故事。珂尼・爱兰特。新福特式的跑车。爵兹乐舞。打猎。

至于这花旗罗曼主义上所必要的此外的布置和氛围气,则读者倘一看《Vanity Fair》的广告栏,更所希望的,是往就近的电影馆,一赏鉴任何的亚美利加影片,大约便能自己领悟的罢。

读者必须明白,这小市民底的罗曼主义,是和亚美利加资本主义还在走着上行线的这一个公式底认识,有不可分的关联的。这事实,在一方面,是每年将九十亿元的国帑,撒在有产阶级的怀中,而使发生了叫作所谓"Four Hundreds"的有闲阶级,利子生活者的大群。①

而且有闲阶级,利子生活者的大群,则使他本身的消费底文化,娱乐机关,极端地发达起来了。而从那消费底文化的母胎中,就酸酵了为一切文化烂熟期之特色的一种像煞有介事,通人趣味,低徊趣味,讽刺,冷嘲等。这过度地洗炼了的生活感情,他们称之为 Sophistication。卖弄巴黎式的 Chic,以及花旗式地解释了的 hard-boiled 之类的话,都和这相关联,而为人们所欢喜。

卓别林在《巴黎一妇人》(A Woman of Paris)里,居然表现了那 Sophistication 的模范(Prototype)。刘别谦(Ernst Lubitsch)在《婚姻范围》(Marriage Circle)里,表现于一套片子上面了。蒙太·培尔,玛尔·辛克莱儿,泰巴第·达赖尔等许多后继者们,都发挥了电影界的玄妙家腔调。

但是,亚美利加虽在那一切的资本主义底兴隆,但本身之中,却已经包藏着到底消除不尽的内底矛盾,而在苦闷。消费不能相副的一面底生产,失了投资市场的大金融资本,荷佛政府的积极底外交,拥抱着五百万失业者的天国亚美利加,现在是正踏在不可掩饰的阶级底对立的顶上了。

---

① 据一九二四年的调查,则在亚美利加,每年收入在一万元以上的人,总数达二十六万。但这还是除掉了利息,花红之类的企业利得,只是直接个人底收入的计算,所以事实上的数字,大约还要见得若干成的增加的罢。

这社会情势，将怎样地反映在亚美利加影片之中呢，那是很有兴味的将来的问题。

## 译者附记

这一篇文章的题目，原是《作为宣传，煽动手段的电影》。所谓"宣传，煽动"者，本是指支配阶级那一面而言，和"造反"并无关系。但这些字面，现在有许多人都不大喜欢，尤其是在支配阶级那方面。那原因，只要看本文第七章《电影与小市民》的前几段，就明白了。

本文又原是《电影和资本主义》中的一部分，但全书尚未完成，这是据发表在《新兴艺术》[3]第一，第二号上的初稿译出来的。作者在篇末有几句声明，现在也译在下面：

"我的，《电影和资本主义》，原要接着本稿，更以社会底逃避的电影，无产阶级方面所作的宣传电影等，作为顺次的问题，臻于完成的。但现在，则仅以对于有产阶级电影的如上的研究，暂且搁笔。

"又，本稿不过是对于每一项目，各能写出独立的研究那样的浩瀚的材料，给了极概括底的一瞥，在这一端，是全篇过于常识底了。请许我声明我自己颇以为憾的事。"

但我偶然读到了这一篇，却觉得于自己很有裨益。上海的日报上，电影的广告每天大概总有两大张，纷纷然竞夸其演员几万人，费用几百万，"非常的风情，浪漫，香艳（或哀艳），肉感，滑稽，恋爱，热情，冒险，勇壮，武侠，神怪……空前巨片",真令人觉得倘不前去一看,怕要死不瞑目似的。现在用这小镜子一照,就知道这些宝贝,十之九都可以归纳在文中所举的某一类,用意如何,目的何在,都明明白白了。但那些影片,本非以中国人为对象而作,所以运入中国的目的,也就和制作时候的用意不同,只如将陈旧枪炮,卖给武人一样,多吸收一些金钱而已。而中国人对于这些的见解,当然也和他们的本国人两样,只看广告中借以吸引看客的句子,便分明可知,于各类影片,大抵都只见其"非常风情,浪漫,香艳(或哀艳),肉感……"了。然而,冥冥中也还有功效在,看见他们"勇壮武侠"的战事巨片,不意中也会觉得主人如此英武,自己只好做奴才;看见他们"非常风情浪漫"的爱情巨片,便觉得太太如此"肉感",真没有法子办——自惭形秽,虽然嫖白俄妓女以自慰,现在是还可以做到的。非洲土人顶喜欢白人的洋枪,美洲黑人常要强奸白人的妇女,虽遭火刑,也不能吓绝,就因看了他们的实际上的"巨片"的缘故。然而文野不同,中国人是古文明国人,大约只是心折而不至于实做的了。

因为自己看过之后,大略发生了如上的感想,因此也想介绍给一部分的读者,费去许多工夫,译出来了。原文本是很简短的,只因为我于电影一道是门外汉,虽是平常的术语,也须查考,这就比别人烦难得多,即如有几个题目,便是从去年的旧报上翻出来的,查不到的,则只好"硬译",而且误译之处,也恐怕决不能免。但就大体而言,我相信于读者总可以有一些贡献。

去年,美国的"武侠明星"范朋克(Douglas Fairbanks)因为美金积得太多,到东洋来游历了。上海有几个团体便豫备欢迎。中国本来有"捧戏子"的脾气,加以唐宋以来,偷生的小市民就已崇拜替自己打不平的"剑侠",于是《七侠五义》,《七剑十八侠》,《荒山怪侠》,《荒林女侠》,……层出不穷;看了电影,就佩服洋《七侠五义》即《三剑客》[4]之类。古洋侠客往矣,只好佩服扮洋侠客的洋戏子,算是"过屠门而大嚼,虽不得肉,亦且快意"[5],正如捧梅兰芳者,和他所扮的天女,黛玉等辈,决不能说无关一样,原是不足怪的。但有些人们反对了,说他在演《月宫宝盒》(The Thief of Bagdad[6])时摔死蒙古太子,辱没了中国。其实呢,《月宫宝盒》中的英雄,以一偷儿连爬了两段阶级的梯子,终于做了驸马,正是译文第七章细注里所说,要使小市民或无产者"为这飞腾故事所激励,觉得要誓必尽忠于有产阶级"的玩艺,决不是意在辱没中国的东西。况且故事出于《一千一夜》[7],范朋克并非作家,也不是导演,我们又不是蒙古太子的子孙或奴才,正不必对于他,为美金而演剧的个人,如此之忿忿。但既然无端忿忿了,这也是中国常有的惯例,不足怪的,——在见惯者。后来范朋克到了,终于有团体要欢迎,然而大碰钉子,"范氏代表谓范氏绝对不允赴公共宴会",竟不能得到瞻仰洋侠客的光荣。待到范朋克"到日本后,一切游程,均由日人代为规定,且到东京后,将赴影戏院,与日本民众相见"(见十八年十二月十九日《申报》),我们这里的蒙古王孙乃更不胜其没落之感,上海电影公会有一封宛转抑扬的信,寄给这"大艺术家"。全文是极有可供研究的处所的,但这里限于纸面,只好摘录了一点——

"曾忆《月宫宝盒》剧中,有一蒙古太子,其表演状态,至为恶劣,足使观者之未知东方历史,未悉东方民族性质者,发生不良之印象,而能成为人类相爱进程上绝大之阻碍。因东方中华民国人民之状态,并不如其所表演之恶劣也。敝会同人,深知电影艺术之能力,转辗为全世界一切民情风俗智识学问之介绍,换言之,亦能引导全世界人彼此之相爱,及世界人类彼此之相憎。敝会同人以爱先生故,以先生为大艺术家故,愿先生为向善之努力,不愿先生如他人之对世界为不真实之介绍,而为盛誉之累也。"

文中说电影对于看客的力量的伟大,是很不错的,但以为蒙古太子就是"中华民国人民",却与反对欢迎者流,同一错误。尤其错误的是要劝范朋克去引"全世界人彼此之相爱",忘却了他是花旗国[8]里发了财的电影员。因此一念之差,所以竟弄到低声下气,托他去绍介真实的"四千余年历史文化所训练的精神"于世界了——

"敝会同人更敢以经过四千余年历史文化训练之精神,大声以告先生。我中华人民之尊重美德,深用礼仪,初不异于贵国之人民。更以贵国政府常能于世界国际间主持公道,故为我中华人民所敬爱。先生于此次东游小住中,想已见到真实之证据。今日我中华政治之状态,方在革命完成应经历之过程中,有国内之战争,有不安静之纷扰,然中华人民对于外来宾客如先生者,仍能不忘应有之礼节,表示爱人之风度。此种情形,先生当能于耳目交接之间,为真实之明了。虽间有表示不同之言论者,然此种言论,皆为先生代表以及代表引为己助参加发言者不合礼节隔离人情之宣言及表示所造成。……

"希望先生于东游之后,以所得真实之情状,介绍于贵国之同业,进而介绍于世界,使世界之人类与中华所有四万万余之人民为相爱之亲近,勿为相憎之背驰,以形成世界不良之情状,使我中华人民之敬爱先生,一如敬爱美国之政府。"

但所说明的精神,一言以蔽之,是咱们蒙古王孙即使国内如何战争,纷扰,而对于洋大人是极其有礼的。就是这一点。

这正是被压服的古国人民的精神,尤其是在租界上。因为被压服了,所以自视无力,只好托人向世界去宣传,而不免有些诌;但又因为自以为是"经过四千余年历史文化训练"的,还可以托人向世界去宣传,所以仍然有些骄。骄和诌相纠结的,是没落的古国人民的精神的特色。

欧美帝国主义者既然用了废枪,使中国战争,纷扰,又用了旧影片使中国人惊异,胡涂。更旧之后,便又运入内地,以扩大其令人胡涂的教化。我想,如《电影和资本主义》那样的书,现在是万不可少了!

一九三〇,一,十六,L。

\* \* \*

〔1〕 本篇最初发表于1930年3月1日《萌芽月刊》第一卷第三期,署名L。

〔2〕 岩崎·昶(1903—1981) 日本电影评论家。1929年曾组织过日本无产阶级电影同盟。第二次世界大战后,任日本映画社制片局长,东宝电影公司制片人等。著有《电影艺术史》、《电影与资本主义》等。

〔3〕 《新兴艺术》 日本文艺期刊,田中房次郎编辑,1929年11月创刊,东京艺文书院出版。

〔4〕 《三剑客》 根据法国作家大仲马(1802—1870)的小说《三个火枪手》(又译《侠隐记》)改编的一部美国电影。

〔5〕 "过屠门而大嚼"等语,见《文选》曹植的《与吴季重书》。

〔6〕 The Thief of Bagdad 即《巴格达的窃贼》。

〔7〕 《一千一夜》 即《一千零一夜》,旧译《天方夜谈》,阿拉伯古代民间故事集。

〔8〕 花旗国 美国国旗以星星和条纹的图案组成,旧时上海等地以"花旗"代称美国。